Angelique V.

# Eine Flucht in die Vergangenheit
## Gruselkrimi

Bibliografische Information der Deutschen Nationalbibliothek:
Die Deutsche Nationalbibliothek verzeichnet diese Publikation in
der Deutschen Nationalbibliografie; detaillierte bibliografische
Daten sind im Internet über dnb.dnb.de abrufbar.

© Angelique V.
Herstellung und Verlag: BoD – Books on Demand, Norderstedt

**ISBN: 9783741251917**

**Frustriert** schaute Vanessa aus dem Fenster und dachte über ihr bisheriges Leben nach.
"Soll das schon alles gewesen sein?" seufzte sie still in sich hinein. Der Zahn der Zeit nagte schon unbarmherzig, wenn gleich auch optisch noch nichts zu sehen war. Es machte sich jedoch immer mehr eine Unzufriedenheit und Leere bemerkbar. Ein alter Freund aus der Jugendzeit hatte sich zu Besuch angemeldet. Vanessa schaute auf die Uhr und musste erschrocken feststellen, dass Michel gleich eintreffen würde. Schnell richtete sie ihr Haar vor dem Garderobenspiegel und schaute etwas verbissen in ihr Antlitz, welches der Spiegel hergab. Im nächsten Augenblick schaute sie verklärt mit einem Lächeln, als sie an ihre heimliche Liebe dachte.

Der Dreiklang-Klingelton riss sie in die Gegenwart zurück. Michel kam nörgelnd ins Haus und beschwerte sich über die Verspätung der Bundesbahn. Er marschierte ins Wohnzimmer und hängte seine Jacke über den Stuhl. "So eine Scheiße, immer hat der verdammte Zug Verspätung." Vanessa lächelte vor sich hin, während sie für Michel einen Kaffee eingoss. Michel hatte eine richtige Luft von kalter Asche verbreitet, der sich in seiner Kleidung befand. Seine dunklen Augen schauten Vanessa entgegen und er lächelte, als er den heißen Kaffee sah. Als er die Tasse anhob um daraus zu trinken, hustete er schwer. "Der Kaffee ist mir noch zu heiß. Ich gehe erst einmal eine Zigarette rauchen." Michel eilte mit strammen Schritten auf die Terrasse und inhalierte den Rauch der Zigarette.
Vanessa schaute verständnislos und besorgt zu Michel, der keinen Rat annehmen wollte, trotz der unheilbaren Krankheit seiner Lunge: COPD.

Draußen ist der Mercedes von Arthur zu hören, der gerade in die Garage fahren will. Michel kommt wieder zurück und fragt: "Kommt Arthur schon?"
"Ja, er ist heute früher als sonst, sicher weil er weiß dass du heute da bist."
"Ja natürlich, das ist doch ein Scherz, oder?"
Arthur schließt die Tür auf und schaut lächelnd um die Ecke, während er seine Jacke an der Garderobe aufhängt. Beschwingt eilt er ins Wohnzimmer, wo Michel auf der Eckbank sitzt. Freundschaftlich legt er seinen Arm um Michels Schultern und sagt: "Na, mein Freund, wie geht es dir?" Michel wollte gerade aufstehen, als Arthur ihm sagte: "Bleib ruhig sitzen, ich setze mich auf die andere Seite."

Vanessa ging in die Küche mit den Gedanken, dass die Männer versorgt sind und sie sich um das Essen kümmern kann. Jeannette kam jeden Tag zum Essen, seit sie aus der elterlichen Wohnung ausgezogen war. Zu Michel hatte sie einen guten Draht, weil sie in ihm keine Gefahr sah. Durch viele schlechte Erlebnisse, auch schon während der Kindheit, hatte sie gegen Männer eine Abneigung. Vanessa vermisste die Katzen von Jeannette, die sie als Babies hatte aufwachsen sehen. Jeden Montag besuchte sie ihre Tochter und verwöhnte die Katzen, als wären es ihre Enkelchen. Arthur tolerierte es nicht gerade voller Begeisterung, da er Katzen nicht mochte, was immer ein Streitpunkt war.

Vanessa wollte unbedingt eine weiße Perserkatze und fand sehr schnell eine aus einem Tierheim im Internet. Heimlich kontaktierte sie das Tierheim und gab ihr Interesse für die Katze ‚Fluffy' schriftlich preis, mit allen vom Tierheim gestellten Fragen.
Wie sollte sie es Arthur beibringen, wenn tatsächlich die Adoption von Fluffy klappen sollte?

Es wurde ihr ganz übel bei dem Gedanken, aber der Wille war stark und sie wollte ihren Willen durchsetzen.

\*

Nach einer Woche kam die positive Antwort per eMail, dass Fluffy in die Reservierung gesetzt wurde. Jetzt wurde es eng mit der Beichte Arthur gegenüber, aber Vanessa nahm allen Mut zusammen und passte einen günstigen Zeitpunkt ab, wo Arthur dafür empfänglich schien.

Vanessa druckste erst etwas herum, dann sagte sie zu Arthur: "Es gibt etwas, dass mir große Kopfschmerzen bereitet." Arthur schaute mit großen Augen, und fragte dann etwas unwirsch: "Wat denn?" Vanessa hatte inzwischen auf ihrem Smartphone die Bilder von Fluffy heraus gesucht und zeigte sie Arthur. Sein Blick war voller Ablehnung. Sofort hatte er Gegenargumente, die gegen diese Katze sprachen: "Du hast den ganzen Haushalt und soviel Arbeit. Denk an die viele Wäsche und dann noch die Katze mit dem langen Haar. Es fliegen überall die Haare herum und so weiter. Ich hole sie dir, aber dann ziehe ich mich zurück und komme nur noch vielleicht zwei bis dreimal die Woche. Also überleg es Dir gut - entweder die Katze oder ich. Statt der Katze kannst Du ja mich knuddeln, wenn Du unbedingt abends etwas zum knuddeln haben willst."

Vanessa war enttäuscht und verärgert zugleich und mußte dieser Äußerung entgegen halten mit den Worten: "Du bist keine Katze, und dieser Vergleich ist nicht zutreffend!" Das würde noch ein harter Kampf werden, der nicht zu gewinnen war..

Nach einer Woche kündigte sich die Dame an für die Vorkontrolle und man einigte sich auf den Montag. Arthur saß mit einer guten Bekannten am Esstisch und hetzte schon herum, während Vanessa gleich mit der jungen Dame in den Garten ging, damit sie nichts von den bissigen Bemerkungen mitbekommen sollte. Arthur wurde nun lauter mit seinen Hetzparolen und Vanessa zitterte innerlich, als die junge Dame noch einmal die Frage stellte, ob alle Familienmitglieder damit einverstanden seien. Sie schaute sich um und Vanessa erklärte ihr, welche Sicherheitsvorkehrungen sie noch treffen würde, damit Fluffy im Garten sicher war.
Nach einer knappen halben Stunde war die Besprechung beendet und die junge Dame verabschiedete sich. Kaum war die Tür ins Schloss gefallen, knötterte Arthur schon wieder herum und drohte mit seinem Rückzug. Vanessa platzte fast der Kragen und sie konterte zurück: "Was sollte denn dieses Betragen? Die Frau war lediglich nur da, um zu sehen, ob eine Katze gut versorgt wäre." Arthur war nicht mehr der Jüngste und litt unter Altersstarrsinn; er konnte mitunter sehr schwierig sein, wenn sein Charakter ansonsten auch gutmütig war.
Vanessa wurde unzufrieden und die Gesundheit war auch nicht gerade zum Besten. Es stellten sich viele Beschwerden und allergische Reaktionen ein.

\*

Vanessa saß wieder am Computer und ging ihren Turn durch, während im Hintergrund ein Fernsehfilm lief. Lange hielt sie es an diesem Abend nicht am PC aus, als sie kurz sich zum Fernsehen umdrehte. Sie fuhr den PC sofort herunter und ließ den Film auf sich einwirken. Dann sah sie die wunderschönen Augen des Grafen, dessen Blicke tief in ihre Seele eindrangen.

Der Amorpfeil hatte sie getroffen, und sie saß wie gefesselt vor dem Fernseher. Noch nie zuvor hatte sie solch einen schönen Mann gesehen und ihr Herz verloren, ohne darüber nachzudenken, dass es unmöglich war, jemals mit diesem Traummann in Verbindung treten zu können.

Arthur saß mürrisch am Esstisch und las in einem Journal. Er weigerte sich, sich den Film anzusehen. Zwischendurch stand er auf, um sich eine Flasche Wasser aus dem Keller zu holen. Genervt schaute er herüber und fragte störrisch: "Wat läuft denn da?" Vanessa schaute verärgert zu ihm herüber und antwortete: "Anna Karenina, eine neue Verfilmung mit toller Besetzung." Arthur antwortete mürrisch: "Kenn ich nicht. Wie lange läuft der noch?"
"Bis 23:15 Uhr." Arthur las weiter in seinem Journal und kümmerte sich nicht weiter um das, was im Fernsehen lief. Vanessa hatte ihr Alter total vergessen und schwärmte wie ein Teenager. Der Gedanke ließ sie nicht mehr los , dass sie nur noch an diese schönen Augen dachte, die sie verzaubert hatten. Es gab nur eine enge Vertraute, ihre Freundin, mit der sie über alles sprechen konnte.

\*

Eine neue Woche hatte begonnen, und durch Zufall traf Vanessa auf Ruth. "Na? Wo willst Du denn so früh schon hin?" "Ich muss zum Doktor, mir geht es zur Zeit nicht so gut." "Du Vanessa , ich muss auf die Arbeit. Wir sprechen heute Abend in Ruhe." Ruth machte sich auf dem Weg und Vanessa betrat das Ärztehaus.

Plötzlich verlor sie ihr Bewußtsein und befand sich in einer anderen Zeit.

Es muss so um 1870 gewesen sein, denn die Damen trugen große Hüte und die Männer Frack und Zylinder. Pferde und Kutschen fuhren durch die Strassen. Vanessa fragte sich, wer sie eigentlich war. Eine alte Gräfin tippte von hinten an die Schulter und sprach: "Baronin, wie geht es Ihnen? Man sagte mir, sie waren unpässlich." Vanessa schaute verwirrt, spielte dieses Spiel aber mit. "Verehrte Gräfin, können Sie mir helfen, denn mein Gedächtnis ist noch nicht wieder zurück gekehrt."
"Ach, Baronin, das war ja so schrecklich, was da passiert ist. Ihr Gatte wurde grausam getötet und Sie mussten es mit ansehen. Sie verloren Ihr Bewusstsein und waren lange im Sanatorium."
"Bitte, Gräfin, wie ist denn mein Name?"
"Armes Kind, Sie sind immer noch nicht geheilt. Ihr Name ist Katharina von Bodensang. Ihr Haus ist das da drüben." Sie zeigte in die Richtung. Vanessa schaute zu der Villa mit großem Vorgarten und die Neugier war groß. "Liebe Gräfin, ich möchte mich verabschieden und nach Hause gehen." Die Gräfin lächelte wohlwollend, ging ihres Weges und winkte noch hinterher.

Unsicher näherte Vanessa sich der Villa, wo die Bediensteten schon Spalier standen.

"Gnädige Baronin, willkommen. Haben Sie einen Wunsch und möchten Sie Ihr Mahl einnehmen? Dann wird sofort eingedeckt." Vanessa sah sich hilflos um und fragte nach den Namen ihrer Bediensteten. "Baronin, ich bin Anna und Eure persönliche Bedienstete. Das wird schon wieder werden und ich werde helfen Euer Gedächtnis wiederzuerlangen." "Danke Anna, das ist sehr lieb von Dir. Ich glaube, dass ich mich erst einmal ausruhen möchte, bevor ich meine Mahlzeit einnehmen werde." "Ist gut, meine Herrin, dann lass' ich Sie jetzt alleine und kümmere mich um die Vorbereitungen in der Küche." Vanessa lief langsam die breite Treppe nach oben und legte sich mit Kleid auf das Bett.

*

Im Krankenhaus kämpften die Ärzte um das Leben von Vanessa, die einen Herzstillstand hatte.

Mit einem Elektroschock wurde das Herz wieder zum Schlagen gebracht, aber Vanessa befand sich im Koma. Die behandelnde Ärztin macht sich unendlich Sorgen, weil sie sich vielleicht zu oberflächlich der Beschwerden angenommen hatte. Arthur war am Boden zerstört, als er davon in Kenntnis gesetzt worden war und machte sich bittere Vorwürfe. Als Ruth davon erfuhr, verstand sie die Welt nicht mehr und war über Arthur sehr verärgert, weil sie die Verhältnisse zuvor gekannt hatte. Sie musste sich Arthur gegenüber schwer zusammen nehmen, um nicht mit ihm zu schimpfen. Dann tat er ihr wieder Leid, weil er auch seine guten Seiten hatte und obendrein ein biblisches Alter. Arthur war ziemlich gefasst und sagte zu Ruth: "Wir müssen abwarte', mehr könne' wir im Augenblick net tun." "Okay, Arthur, trotzdem werde ich morgen mal nach Vanessa gucken, selbst Koma-Patienten haben ein Gespür für Menschen, die ihnen nahe stehen."

*

Katharina war erwacht und schaute sich verwirrt um.

Es war ein großes Zimmer mit hoher Decke und Stuck. An den hohen Fenstern befanden sich schwere dunkelgrüne Gardinen. Über dem Kamin an der Wand hing das große Portrait eines gutaussehenden Herren mit gütigen Augen. Wie gebannt stand sie vor dem Gemälde und war gefesselt, so dass sie nicht bemerkte, wie Anna den Raum betrat. "Ach, Herrin, er war ein so guter Herr. Er hat Euch auf Händen getragen und er war sehr gut zum Personal. Meine Herrin hat ihn sehr geliebt und deshalb ist sie so krank geworden." Katharina schaute Anna gerührt an und sagte: "Ich bin ja so froh, solch ein wunderbares Personal zu haben. Ach Anna, bitte komm doch näher.." während sie den großen Kleiderschrank öffnete. "Hier sind so viele Kleider, die noch nicht aufgetragen sind. Bitte suche Dir ein paar aus und ändere sie nach Deiner Grösse um." "Aber Herrin, das kann ich doch nicht annehmen." Sie senkte beschämt ihren Blick und erinnerte sich ihres Standes. Katharina holte drei Kleider aus dem Schrank und drückte sie Anna in den Arm.
"So, meine liebe treue Anna, ich bestehe darauf, dass du die Kleider annimmst."
"Vielen herzlichen Dank, Herrin, ich werde mich gleich an die Nähmaschine setzen. Haben Sie noch einen Wunsch?" "Sag bitte Theresa, dass sie den Tisch eindecken kann. Ich werde jetzt etwas zu mir nehmen." "Sehr wohl, Madame." Anna entfernte sich und gab den Wunsch ihrer Herrin an das Personal weiter. Katharina zog sich ein anderes Kleid

an - aus roter Spitze - und schaute etwas kritisch in den großen Spiegel, während sie sich dabei drehte und das Kleid zurecht zog.

Im langen Gang, auf dem Weg zum Speisesaal, hingen viele große Gemälde aus der Ahnengalerie. Eines davon schaute sehr finster und dämonisch, was Katharina eine Gänsehaut verursachte. Theresa deckte gerade ein und war schon fast fertig, als sie ihre Herrin erblickte. "Theresa, bitte sag mir doch, wer die Dame mit dem bösen Blick auf dem Gemälde ist."
"Aber gnädige Frau, wissen Sie nicht, dass das die Großmutter von ihrem Gemahl ist?" Katharina bekam eine Gänsehaut und vor Schreck verging ihr der Appetit. Der Tisch war jedoch zu einladend eingedeckt und das Mahl duftete sehr gut. Theresa füllte die Suppentasse mit herrlicher Suppe und stellte sie an ihren Platz. Katharina löffelte die Suppe gesittet, wie es sich in den Kreisen gehörte. "Madame, wenn Sie noch einen Wunsch haben, dann sagen Sie es mir." Katharina lächelte wohlwollend und lehnte weitere Botengänge ab. "Ich brauche Sie heute nicht mehr, gehen Sie ruhig schlafen. Wir sehen uns morgen."
"Danke, Herrin, dann gute Nacht und schlafen Sie wohl."
"Danke, Theresa." Katharina dachte über alles nach, aber die Erinnerungen wiesen immer noch große Lücken auf.

Nach dem letzten Schluck aus dem Weinglas begab sie sich in ihr Schlafgemach.
Die Bettdecke war schon aufgeschlagen und das Nachthemd lag quer auf dem Bett. Anna klopfte an der Tür und fragte: "Herrin, kann ich Ihnen beim Auskleiden helfen?" Katharina drehte sich zur Tür um und sagte: "Das ist nett, Anna, bitte hilf mir das Kleid aufzumachen." Anna half ihrer Herrin aus dem Kleid und reichte ihr das Nachthemd,

welches aus Spitze und Seide bestand. "Danke, Anna, Sie können auch schlafen gehen." Anna verließ den Raum und schloss die Tür hinter sich. Mit eilenden Schritten suchte sie ihre Kammer auf.
Katharina legte sich in das große Bett und schaute sich an der Decke die Figuren aus Stuck an. Es waren Engelköpfe an den Ecken und um den Kronleuchter eine große Rosette. Ihr Blick fiel nun auf das Gemälde ihres Gemahls über dem Kamin. Sie fühlte ihr Herz klopfen und Leidenschaft. Wie sehr muss sie ihn geliebt haben, als er noch bei ihr war. Sie schaute auf die große Standuhr, die zur vollen Stunde schlug und löschte die Kerze auf der Nachtkonsole. Schnell übermannte sie der Schlaf, und sie träumte ein wirres Durcheinander.

Plötzlich wurde sie durch ein lautes Klopfen aus dem Schlaf gerissen.

Die Standuhr schlug zwölf mal. Im Raum war es eisig kalt und ein penetranter Geruch nach Flieder füllte den Raum. Katharina sah ihren Atem in dieser Kälte und versuchte die Kerze anzuzünden, aber es gelang ihr nicht, weil irgend etwas sie wieder ausblies. "Wer ist da?" schrie Katharina voller Angst. Der Duft des Flieders wurde immer intensiver, fast unerträglich, so dass Katharina ohnmächtig wieder zurück auf ihr Kopfkissen fiel.

*

Anna kam herbei und klopfte an die Tür.
"Gnädige Baronin! " Sie klopfte erneut und machte sich große Sorgen. Weil keine Antwort kam, öffnete sie die Tür

und fand ihre Herrin bewusstlos vor. "Um Himmels Willen, was ist geschehen? Was ist hier für ein entsetzlicher Geruch nach Flieder?" Sie erschrak über die Kälte, die durchaus unnatürlich war. Theresa eilte auch hinzu und fragte ganz aufgeregt: "Was ist geschehen?"
"Ich verstehe es nicht, und habe keine Erklärung für diese Vorgänge. Ich muss mich um die Baronin kümmern!" Anna lief zum Bett und berührte Katharina an den Schultern. "Baronin, können Sie mich hören? Bitte sagen Sie doch etwas!" Aus der Nachttischschublade holte sie Riechsalz, welches sie ihrer Herrin unter die Nase hielt. Katharina reagierte und drehte den Kopf zur Seite. "Was ist los, was ist geschehen?" Anna beruhigte ihre Herrin, dass alles in Ordnung sei und sie nur das Bewußtsein verloren habe. Katharina schaute voller Zweifel zur Anna und wollte ihre Erklärung nicht glauben.
Plötzlich kam ihr der Spuk und der penetrante Fliedergeruch wieder in Erinnerung. Sie schaute Anna bohrend an und bestand darauf, dass man ihr die Wahrheit sage.

Anna senkte beschämt die Augen, nahm allen Mut zusammen und sagte: "Also gut, Ihre Schwiegermutter war gegen die Vermählung und flehte den Baron an, dass er diesen Schritt noch einmal überdenken solle. Der gnädige Herr setzte seinen Willen aber durch, weil er Sie über alles liebte. Ihre Schwiegermutter erschien daraufhin nicht am Hochzeitstag und nahm sich das Leben. Ihr Gemahl wollte nach ihr sehen und fand sie tot im Bett vor. Sie hatte sich mit Zyankali vergiftet."
Katharina saß aufrecht im Bett und war erschüttert über die Tragödie. "Sag, Anna, hat Gustavs Mutter Fliederduft verwendet?"
"Ja, das war ihr Duft, den sie an sich trug."
Katharina recherchierte und nun wurde ihr einiges klar.

"Was können wir tun, damit dieser Spuk aufhört?"
"Es gibt eine berühmte Hellseherin ganz in der Nähe, es wäre nicht schlecht diese Dame herzubitten."
"Anna, such diese Frau auf und bitte sie so schnell wie möglich her. Ich möchte jetzt endlich schlafen und hoffe, dass der Spuk vorbei ist." Anna verließ den Raum und wünschte ihrer Herrin eine gute Nacht. Katharina blies die Kerze aus und ließ sich ins Kissen fallen. Der Rest der Nacht verlief ruhig und ohne weiteren Vorkommnisse, aber Katharina schlief sehr unruhig. Sie träumte von ihrem Leben in der Gegenwart.. Sie befand sich auf der Intensivstation und starrte ins Leere. Ein weißhaariger Mann stand am Fußende und schaute traurig auf das Bett.

*

Theresia hatte schon den Tisch eingedeckt, während Anna nach ihrer Herrin sah.
Sie klopfte leise an und öffnete vorsichtig die Tür, wo sie Katharina tief schlafend vorfand. Leise zog sie die Tür wieder ins Schloss und ging zu Theresia, die gerade den aufgebrühten Kaffee in den Essraum bringen wollte. "Die Herrin schläft noch und nach den nächtlichen Ereignissen sollten wir die Baronin schlafen lassen." "Gut, dann frühstücken wir zuerst in der Küche. Es ist noch Rührei mit Schinken da und frische Brötchen." "Hmm, das hört sich ja gut an." Während die Bediensteten ihr Mahl einnahmen, klingelte es an der Tür. "Wer mag das sein?" Anna ging zur Tür und öffnete.
"Ja bitte?" "Anna, kennen Sie mich nicht mehr?"
Ein sehr schöner Mann stand vor ihr, nahm den Zylinder von seinem Kopf und verbeugte sich.
"Jetzt weiß ich - Sie sind der Freund von unserem Baron, der Selige."

"Gustav ist verstorben? Das ist ja entsetzlich. Darf ich trotzdem eintreten?" "Bitte kommen Sie doch näher, Graf Franz von Lingen." Franz hängte seinen Zylinder an die Garderobe und entledigte sich seinen Mantels. Sein schwarzes Haar war leicht gelockt und seine Augen strahlten geradezu Feuer aus. Anna führte ihn ins Herrenzimmer und fragte nach seinen Wünschen. "Bitte geben Sie mir doch einen Weinbrand."

\*

Katharina war inzwischen erwacht, hatte von dem Besucher aber nichts mitbekommen.
Sie war im Glauben, dass außer dem Personal niemand anwesend sei und lief daher im Negligé in die Küche. Theresia schaute erschrocken auf. "Aber, Baronin, ich habe Sie nicht kommen hören. Der Tisch ist gedeckt und den Kaffee habe ich noch einmal neu aufgebrüht." "Nein, Theresia, ich bleibe hier in der Küche, denn im Esszimmer fühle ich mich so alleine." "Wie Sie wünschen, Baronin. Es ist uns eine besondere Ehre, Sie bei uns zu haben." Während Katharina ihren Kaffee rührte, fragte sie nach Anna. "Anna ist im Herrenzimmer bei dem Grafen, einem Freund Ihres Gemahls." Katharina schaute mit weit aufgerissenen Augen und mußte daran denken, dass sie nicht Salonfähig war. Wie von der Tarantel gestochen sprang sie auf und sagte: "Ich werde mch schnell herrichten."

Franz ging etwas nervös auf und ab, schaute auf die Kaminuhr und verglich die Zeit mit seiner Taschenuhr. Erneut hob er sein Glas und nahm einen Schluck von seinem Weinbrand. Anna kam erneut ins Herrenzimmer und fragte nach den Wünschen. Plötzlich waren auf dem Flur Schritte zu hören, die sich schnell näherten.

Franz schaute gebannt zur Tür, als Katharina den Raum betrat.
Sie hatte ein wunderschönes Kleid an und ihr langes braunes Haar hochgesteckt. Franz konnte seine feurigen schwarzen Augen nicht mehr von Katharina lassen. "Sie sind die Baronin. Ich konnte damals nicht bei der Hochzeit dabei sein, weil ich mich am anderen Ende der Weltkugel befand. Gustav hat mir viel von Ihnen geschrieben, so dass ich mir ein Bild von Ihnen machen konnte. Nur hatte ich keine Ahnung, wie schön Sie sind."

Katharina errötete unter ihrem Make up, aber überspielte ihre Verlegenheit.

"Baronin, ich weiß erst seit heute durch Anna, dass Gustav nicht mehr lebt. Ich möchte auf gar keinen Fall Wunden aufreißen und Sie durchlöchern, wie er zu Tode kam. Wie lange ist das jetzt her?" "Bitte, Herr Graf, setzen Sie sich doch, dann lässt es sich besser unterhalten. Ich weiß es nicht mehr genau, aber auf jeden Fall in diesem Jahr. Diese Tragödie ließ mich ins Koma fallen und meine Amnesie dauert noch an. Bitte verzeihen Sie, wenn es noch einige Lücken in meiner Erinnerung gibt."

Franz schaute mit seinen feurigen Augen Katharina unentwegt an und war dabei, sich in sie zu verlieben. Er musste in Katharina wieder die Freude am Leben erwecken.

"Katharina, was halten Sie von einem Besuch im Konzert, damit Sie auf andere Gedanken kommen und sich nicht in der Villa vergraben?" Katharina war verunsichert und fragte sich, ob es nicht zu früh wäre und der Anstand es verlange ein ganzes Jahr zu trauern. "Ich weiß nicht Recht,

Herr Graf, schon wegen der Leute.."
"Liebe Katharina, niemand wird es Ihnen verübeln ins Konzert zu gehen."
"Glauben Sie wirklich? Es ist richtig, dass ich das Leben wieder spüren möchte. Sie haben Recht, gerne gehe ich mit Ihnen ins Konzert."
"Das gefällt mir und das ist die richtige Einstellung, im übrigen ist die Tragödie schon über ein Jahr her. Diese Tatsache weiß ich allerdings von Anna. Sie sagte mir, dass Sie lange, sogar sehr lange krank waren. Ich werde Sie am Samstag gegen 19:00 Uhr abholen." Der Graf erhob sich und verabschiedete sich mit tiefer Verneigung und Handkuss. Mit festen Schritten lief der Graf über den langen Gang zur Eingangstür. Katharina schaute diskret hinter der Gardine aus dem Fenster dem Grafen nach, der sich auch noch einmal umdrehte. Anna betrat den Raum und fragte nach den Wünschen von Madame.
"Sag mir, Anna, wie lange war ich krank?"
"Oh, Madame, es war mehr als ein Jahr. Sie befanden sich im Wachkoma."
"Jetzt verstehe ich, warum die Gedächtnislücken so riesig sind. Der Graf hat mich zum Konzert eingeladen."
"Das ist ja wunderbar, gehen Sie mit ihm ins Konzert. Es wird Ihnen gut tun, wieder am Leben teilzunehmen. Wer weiß, vielleicht läuten bald die Hochzeitsglocken."

*

Vanessa befand sich immer noch im Wachkoma und die Ärzte waren ratlos.

Arthur war jeden Tag da, saß am Bett und hoffte auf ein Wunder. Jeannette war sehr traurig und überlegte, was sie tun konnte, um ihre Mutter wieder zurück zu holen. Da kam ihr die Idee mit der Geige und sie wollte die Krankenschwester fragen, ob sie ihrer Mutter vorspielen dürfe. Sie besuchte Arthur, der im Haus ihrer Mutter wohnte, denn er mußte die Aufgaben übernehmen.

Dieses Mal hatte Arthur frischen Blumenkohl mit Bratwurst und Kartoffeln gekocht. Das konnte man schon auf der Strasse riechen und die Leute zogen ihre Nasen im vorbeigehen genussvoll hoch. Jeannette verstand sich durch die Tragödie mit Arthur besser als früher. Sie half ihm sogar bei der Arbeit, wobei sie bei ihm punktete. "Wir dürfe' die Hoffnung net aufgäbe, "sagte Arthur tröstend zu Jeannette. Ruth rief auch zwischendurch an, um sich zu erkundigen. Keiner verstand die Tragödie, die sich so plötzlich einstellte. "Weißte wat, ich glaube die Mutter ist irgendwo in der Vergangenheit. Du kennst doch Deine Mutter. Vielleicht ist sie bei Beethoven oder sonstwo." Arthur lachte spöttisch, während Jeannette erstaunt war über die Darlegungen und Gedankengänge von Arthur.

Das brachte sie auf den Gedanken, wieder mit dem Kartenlegen zu beginnen. Sie verabschiedete sich von Arthur und lief schnell nach Hause. Zu Hause angekommen, wurde sie gleich von ihren Katzen begrüßt. Jeannette zündete Kerzen und Räucherstäbchen an und holte ihre Karten hervor, die sie auf den Tisch legte. Nun konzentrierte sie sich auf ihre Mutter und mischte die Karten dabei. Nachdem sie das Gefühl hatte, genug durchgemischt zu haben, legte sie das große Blatt auf dem Tisch aus. Nach eingehender Konzentration zeigte sich ein merkwürdiges Bild, das schwer zu deuten war. Es sah tatsächlich so aus, als ob Arthur Recht hätte. Ihre Mutter befand sich in der Vergangenheit und würde dort noch eine ganze Weile zubringen, aber sie kehrte irgendwann wieder zurück. Das brachte eine gewisse Erleichterung und auch Neugierde.

*

Der Graf traf pünktlich bei Katharina ein und läutete an der großen Tür.
Katharina war schon bereit und öffnete selbst die Tür. Der Graf zog seinen Zylinder, begrüßte die Baronin mit Verbeugung und Handkuss. "Sie sehen bezaubernd aus, Baronin, und ich freue mich Sie ausführen zu dürfen. Dort steht die Kutsche, wenn ich bitten darf. Bitte nehmen Sie meinen Arm." Katharina hängte sich bei dem Grafen ein auf dem Weg zur Kutsche. Keiner sagte etwas, bis sie die Kutsche erreicht hatten. Der Droschkenbesitzer hielt die Tür zum Einsteigen auf und verneigte sich. "Baronin, darf ich bitten." Der Graf reichte seine Hand beim einsteigen. Als der Graf nun Platz genommen hatte, ging die Fahrt auch gleich los.

Draußen war es stockdunkel und es hatte angefangen zu schneien. Katharina schaute aus dem Fenster und sagte: "Ich fühle mich so richtig wohl, wie lange nicht mehr. Es ist so schön, durch die Dunkelheit mit Ihnen zu fahren. So langsam fange ich an zu leben, was ich Ihnen, Herr Graf, verdanke." Sie sah ihn von der Seite an und lächelte zufrieden. Der Graf schaute nach draußen und sagte: "Baronin, wir sind da." Die Kutsche hielt und die Pferde atmeten durch ihre großen Nüstern.

Die Tür wurde von außen geöffnet , der Graf stieg als Erster aus und reichte Katharina seine Hand. "Darf ich bitten?" Das Theater war hell beleuchtet, während die Besucher nach und nach mit ihren Kutschen eintrafen.
Es waren nur wenige Schritte bis zum Haupteingang und der Graf reichte galant seinen Arm. Um dieses Theater herum befanden sich viele hoch gewachsene Büsche und Sträucher. Katharina wurde plötzlich durch ein Geräusch aus dem Gebüsch erschreckt. "Graf, haben Sie das nicht gehört?"
"Baronin, Sie sind überängstlich. Es war bestimmt eine Ratte oder Katze." "Bitte verzeihen Sie, Herr Graf, aber so ist mein Gemahl auf offener Strasse überfallen worden." Franz schaute Katharina beschämt an und bat um Entschuldigung. "Bitte entschuldigen Sie, Baronin, dass ich die Tragödie nicht bedachte. Kommen Sie und lassen Sie uns einkehren."

Katharina schaute sich begeistert um und folgte dem Grafen zur Garderobe, wo sie ihre Mäntel abgaben. Von weitem hörte man schon, wie die Musiker ihre Instrumente stimmten. Die Tür zum Festsaal wurde nun vom Saaldiener geöffnet, der sich verneigte. Der Graf führte Katharina nach vorne in die dritte Reihe, wo sie ihre Plätze einnahmen. Einige Tratschtanten tuschelten hinter vorgehaltener Hand und schauten zu Katharina herüber. Der Graf lächelte und sagte: "Machen Sie sich nichts daraus, es sind eifersüchtige Weiber, die sich falsche Hoffnungen gemacht haben." Franz sah zum ersten Mal Katharina tief in die Augen, aber Katharina konnte diesem feurigen Blick nicht standhalten. Sie errötete, schaute dann zum Orchester. Der Graf war sich sicher, die Baronin für sich zu gewinnen.

Langsam ging das Licht aus und das Orchester fing an zu

spielen. Die Akustik war überwältigend. Heimlich beobachtete Franz Katharina aus den Augenwinkeln, die sich ganz der Musik hingab. Sein Herz schlug höher, weil er im Begriff war, sich in Katharina zu verlieben. Er wollte aber nichts überstürzen und soviel Zeit investieren, wie notwendig war. Nach dem vierten Akt war eine kurze Pause und das Licht ging wieder an. "Baronin, ich glaube ein Glas Sekt wäre jetzt nicht verkehrt." Katharina schaute etwas verwirrt, aber dann willigte sie wohlwollend ein.

Sie standen von ihren Plätzen auf und gingen ins Foyer zu den Stehtischen, wo Getränke ausgeschenkt wurden. Der Graf bestellte zwei Gläser Sekt und holte sie ab. Er reichte Katharina ihr Glas und sprach einen Toast aus: "Auf den schönen Abend mit Ihnen." Katharina errötete leicht und senkte ihre Augen. Um ihre Verlegenheit zu überspielen sah sie sich im Foyer um, wer alles dort war und ob sie vielleicht jemanden kannte. "Baronin!" Der Graf brachte sich in Erinnerung und hob sein Glas. "Verzeihen Sie, Graf, ich war kurz abgelenkt."

"Ich verzeihe Ihnen, wenn Sie mich nach dem Konzert zum Essen begleiten." Katharina lächelte verlegen und stimmte zu: "Also gut, Herr Graf, ein guter Vorschlag. Ich glaube, wir müssen wieder zurück in den Saal." Es wurde weiter Mozart gespielt, noch einige Passagen, doch der zweite Teil dauerte nicht mehr so lange.

Nach dem Konzert entschuldigte sich Katharina kurz, um sich die Nase zu pudern. Der Graf wartete an der Garderobe und liess sich die Mäntel geben. Als Katharina in den Spiegel sah, erschrak sie, weil sie ein ganz anderes Gesicht sah. Sie wurde ganz blass und war kurz davor ohnmächtig zu werden. Schnell steckte sie die Puderdose wieder in die Tasche und verließ wie verfolgt den Waschraum. Der Graf sah ihr schon lächelnd entgegen und stellte ihre Blässe sofort fest. "Geht es Ihnen nicht gut? Sie sind ganz blass, als ob sie einem Geist begegnet sind. Soll ich Sie lieber nach Hause bringen?" "Nein, das ist nicht nötig, und nach Hause möchte ich noch nicht. Es geht schon wieder." "Wirklich, Baronin?" "Ja, Herr Graf."

Franz winkte eine Kutsche herbei, die gerade wenige Meter entfernt stand. Der Kutscher kam vorgefahren und hielt vor dem Grafen an. Die Pferde schnaubten laut aus ihren Nüstern. Katharina war ganz durcheinander und konnte dieses merkwürdige Spiegelbild nicht vergessen. "Herr Graf, bitte bringen Sie mich doch nach Hause. Es ist wohl für heute Abend das beste. Ich danke Ihnen für die Einladung." "Sehr wohl, Baronin, ich werde in den nächsten Tagen wieder vorbeischauen und mich nach Ihrem Wohlbefinden erkundigen."

Die Kutsche hielt vor der Villa und der Graf half der Baronin beim Aussteigen. Er wandte sich an den Kutscher und bat ihn zu warten, da er gleich weiter fahren wollte. Franz brachte Katharina zur Tür und verabschiedete sich galant mit einem Handkuss. Die Dienerschaft stand schon bereit und öffnete die Tür. Anna nahm gleich die Garderobe entgegen und fragte nach den Wünschen. "Anna, Sie können sich zurück ziehen, ich brauche Sie heute nicht mehr." Katharina betrat ihr Zimmer und nahm ihr Nachtgewand vom Bett, um sich auszukleiden.
Plötzlich wurde sie durch einen gellenden Schrei aufgeschreckt, direkt vor dem Haus. Sie eilte zum Fenster und sah auf die andere Straßenseite. Dort war eine große ausgegrabene Stelle, die zeigte, dass dort gebaut werden sollte. Der Größe nach zu urteilen musste es schon etwas Größeres werden. Die Ausgrabung war sehr tief, über vier Meter. Wieder schrie jemand entsetzlich. "Um Himmelswillen, da wird doch keiner herein gefallen sein und verletzt sein?"

Anna kam sogleich herbei gelaufen und fragte: "Baronin, was ist passiert?" "Gut, dass Sie kommen, können Sie den Gärtner mal nach draußen schicken? Auf der anderen Straßenseite muss jemand gestürzt sein. Haben Sie nicht den Schrei gehört?"
"Ich werde sofort Anton rufen." Katharina stand weiter am Fenster und konnte gerade noch sehen, wie ein unheimlicher großer Mann mit einer Axt in der Hand weg lief. Anton ging mit einer Petroleumlampe nach draußen und schaute in die Ausgrabung. Er hielt vor Schreck die Hand vor seinen Mund und kam schnell zurück ins Haus. "Baronin, wir müssen die Gendarmerie rufen, da liegt ein geköpfter Mann." "Das ist ja entsetzlich. Das Haus, das da gebaut wird, steht unter keinem guten Stern."

Anton lief zur Gendarmerie und berichtete von dem Mordfall. Sofort machten sie sich auf dem Weg zum Tatort. Der Anblick ließ ihnen das Blut in den Adern gefrieren. "Gibt es irgendwelche Zeugen, die etwas gesehen haben?", fragte der Gendarm. „Meine Herrin sah vom Fenster aus einen großen Mann mit einer Axt in der Hand." "Ich muss Ihrer Herrin ein paar Fragen stellen."
Anna rief: "Baronin, der Gendarm möchte Sie sprechen." Katharina antwortete: "Ich lasse bitten, der Gendarm möchte im Herrenzimmer Platz nehmen. Ich komme gleich."
"Folgen Sie mir, meine Herrin wird gleich hier sein. Sie entschuldigen mich, ich habe noch Vorbereitungen zu treffen." "Danke, Anna, gehen Sie ruhig ihrer Arbeit nach."

Herr Mullat lief im Raum auf und ab, zwischendurch schaute er auf seine Taschenuhr. Als seine Geduld schon ziemlich strapaziert schien, stand Katharina im Türrahmen. "Oh, Madame, ich danke Ihnen für Ihr Kommen und hoffe,

dass Sie mir in der schrecklichen Angelegenheit ein paar Fragen beantworten können."
Katharina bot dem Gendarm an Platz zu nehmen, worauf Herr Mullat sich auf den Stuhl am Sekretär setzte. Aus seiner Brusttasche holte er einen kleinen Block und war bereit zum Schreiben. "Anna sagte mir, Sie hätten einen Schrei gehört und den Mörder gesehen." Mit einem bohrenden Blick schaute er Katharina an, ohne mit der Wimper zu zucken. Katharina zog an ihrem Kleid herum und schien sehr nervös zu sein. "Es war so schrecklich, ich habe den entsetzlichen Schrei immer noch im Ohr. Erst war nichts zu sehen, aber dann rannte ein großer dunkel gekleideter Mann mit einer blutigen Axt davon."
"Konnten Sie den Mann erkennen?" "Nein, dafür war es zu dunkel." "Na gut, das ist nicht viel, aber für heute wollen wir es dabei belassen." Herr Mullat erhob sich, verabschiedete sich und wünschte eine gute Nacht.

Katharina fand keinen Schlaf, wälzte sich im Bett von einer Seite auf die andere, denn dieser Schrei ließ sie nicht los. Viele Dinge gingen ihr durch den Kopf, besonders das andere Spiegelbild. Was hatte das nur zu bedeuten? Sie fand keine Antwort auf diese mysteriöse Erscheinung.
In dieser Nacht träumte sie von ihrem Leben in der Gegenwart, was sie sehr frustrierte.

Am anderen Morgen wachte Katharina wie gerädert auf, aber sie freute sich, Theresia und Anna zu sehen. "Guten Morgen, Herrin, das Frühstück steht schon auf dem Tisch." "Theresia, ist das nicht furchtbar? Warum musste dieser Mann so grausam sterben? " Anna kam herbei und brachte eine Nachricht, die versiegelt war. Katharina lächelte vielsagend, brach das rote Siegel und las die wenigen Zeilen. "Anna, der Graf holt mich am Samstag zum Ball ab."

"Das ist schön, Herrin, und genau das richtige, um das Schreckliche zu vergessen." Katharina sprang gut gelaunt aus dem Bett, schaute in den Spiegel und kam zu der Erkenntnis, zum Friseur zu gehen, denn sie wollte für den Grafen schön sein.

*

Die Neugierde war groß und das Erinnerungsvermögen wies immer noch Lücken auf.
Katharina wollte sich auf die Suche im Haus machen, was ihr weiterhelfen könnte. Die Dienerschaft sollte davon nichts mitbekommen. Nach dem Frühstück wären alle mit ihrer Arbeit beschäftigt und würden gar nichts merken.
Katharina nahm im Speisesaal Platz, während Theresia den Kaffee einschenkte. "Haben Sie noch einen Wunsch?"
"Nein, es ist alles da. Danke, Theresia."
Katharina nahm genüsslich ihr Frühstück zu sich und schaute aus dem Fenster zum großen Park hinter der Villa. Es schneite heftig, ein richtiges Schneegestöber. "Es ist so schön hier" dachte sie voller Glück, doch ein eigenartiges Gefühl quälte sie seit kurzem. Sie hatte Angst, dass es irgendwann vorbei ist und sie aus einem schönen Traum erwachte.

Nach einer Stunde kam Theresia den Tisch abräumen und Katharina setzte ihr Vorhaben in die Tat um. Als Erstes lief sie die Treppe hoch zum Speicher und öffnete die Tür, die zum Glück nicht verschlossen war. Die Luft war stickig und die Spinnweben hingen von den Gegenständen herunter. Katharina wusste nicht, wo sie zuerst anfangen sollte und stolperte fast über eine alte Holztruhe.

Sie hob den Deckel hoch , fand alte Kleider und Bilder mit denen sie aber nichts anfangen konnte. Alles blieb fremd, ohne Verbindung zu den alten Bildern. Es muss doch irgend etwas geben, was vertraut sein müsste.. doch das Rätsel blieb erhalten. Intuitiv fühlte Katharina, dass sie dort nicht hingehörte, was in ihr trübe Stimmung hervor rief. Die Dienerschaft behandelte sie wie selbstverständlich als Herrin.
Es hatte keinen Sinn und half auch nicht weiter, weshalb Katharina sich wieder leise nach unten schlich. Zum Glück hatte sie keiner der Bediensteten gesehen und so konnte sie gleich in den Keller gehen.

Die Tür war auch nicht abgeschlossen, aber die Stufen uneben und von unterschiedlicher Höhe. Katharina mußte aufpassen, um nicht zu stürzen, da die langen Kleider nicht gerade förderlich waren. Sie fand saubere Nischen vor mit Weinregalen und Möbeln, welche man ausrangiert hatte. Wieder fand sie nichts, was ihr weiter helfen konnte und somit beendete sie ihre Suche. Sie mußte raus an die frische Luft und rief Anna. "Anna, ich gehe aus, bin zum Essen wieder da. Bitte gib mir meinen Mantel." Anna holte den hellgrauen Mantel mit Hermelinkragen und half ihrer Herrin hinein.

Katharina eilte aus der Villa wie vom Teufel gehetzt und verharrte erst einmal auf der anderen Straßenseite, wo neu gebaut wurde. Dort, wo der Tote gelegen hatte, befand sich schon das Fundament, auf dem das Haus aufgebaut würde. Ein schrecklicher Gedanke, dass dieses neue Haus auf Blut gebaut wurde, ein schlechtes Omen. Katharina setzte ihren Spaziergang fort, schaute sich in den Schaufenstern an, was sie für Auslagen hatten. Sie brauchte ein Kleid für den Ball und wollte das Passende suchen.

Bei diesen Gedanken hatte sie den Grafen vor ihrem geistigen Auge. Sie war ganz in Gedanken und lächelte verliebt, bis sie aus ihren Träumen gerissen wurde.

"Baronin, bitte warten Sie. Kennen Sie mich nicht mehr?" Katharina wusste nicht, wer diese Frau war. "Bitte, gnädige Frau, helfen Sie mir mich zu erinnern." "Ach ja, Baronin, daran habe ich nicht mehr gedacht, bitte entschuldigen Sie! Ich bin Fürstin Gradener und bei uns findet der Ball statt, zu dem ich Sie und den Grafen erwarte." "Darauf freue ich mich schon, wo ich solange nicht mehr auf einem Ball war durch die Tragik. Ich suche ein passendes Kleid, bitte, Fürstin, möchten Sie mir nicht helfen und beratend zur Seite stehen?"
"Gerne helfe ich Ihnen, damit Sie für den Grafen die einzig Schöne sind. Ganz im Vertrauen, Baronin, der Graf liebt Sie. Ich wäre nicht überrascht, wenn er Ihnen bei dem Walzer einen Antrag macht."

Katharina errötete vor Verlegenheit und folgte der Fürstin in die Boutique. Die Verkäuferin war sehr bemüht, der Baronin das Passende zu zeigen. Sie holte viele Modelle herbei, die wunderschön waren, so dass die Wahl schon mit einer gewissen Qual verbunden war. Die Fürstin lächelte gütig und kam hinzu. "Darf ich der Baronin einen Rat geben? Nehmen Sie das blaue Kleid aus Seide. Hören Sie auf meinen Rat." Katharina schaute sich das Kleid näher an und musste der Fürstin Recht geben. Sie lächelte nickend zur Fürstin und wandte sich an die Verkäuferin mit den Worten: "Das Model nehme ich, bitte liefern Sie mir es ins Haus." Katharina verließ den Laden und machte sich langsam auf dem Heimweg.

*

Der Samstag war schnell gekommen und Katharina war schon voller Vorfreude auf den kommenden Ball.
Das Kleid war schon geliefert und hing bereit zum Ankleiden. Jetzt musste sie sich herrichten und das Haar hochstecken. Sie rief Anna herbei, die ein Bad einlassen sollte. Genüsslich nahm Katharina ihr Bad zu sich und nickte für kurze Zeit ein. Sie träumte erneut von ihrem Leben in der Gegenwart, welches ihr gar nicht gefiel.

Durch ein Klopfen an der Tür wurde sie aus ihrem Traum gerissen und war innerlich sehr froh darüber. Das Wasser war schon ziemlich abgekühlt, so dass Katharina aus der Wanne stieg und sich den weißen Frottee-Bademantel überzog. Sie schaute in den Spiegel und sah eine junge schöne Frau. Im Traum dagegen war sie schon alt, und das bereitete ihr große Kopfschmerzen. Keiner konnte die offenen Fragen beantworten und darüber zu sprechen war undenkbar, weil man sie für geistig umnachtet halten würde.

Katharina betrat ihr Schlafzimmer und sah das schöne Kleid an der Tür hängen, und sogleich war die Vorfreude auf den Ball wieder lebendig. Anna half beim Ankleiden und kümmerte sich ums Haar. "Meine Herrin, Sie sind wunderschön. Der Graf wird sein Herz verlieren." "Glauben Sie wirklich? Warten wir es ab, was der Abend bringt."

\*

Pünktlich um neunzehn Uhr traf der Graf ein, um die Baronin abzuholen. Anton öffnete die Tür, verneigte sich und wies dem Grafen den Weg ins Herrenzimmer. "Die Baronin kommt gleich, gnädiger Herr Graf."

Franz lächelte über das steife Verhalten von Anton und antwortete ihm: "Ich warte solange und nehme mir einen Weinbrand." Anton verließ den Raum und begegnete Katharina auf dem Flur. Seine Augen strahlten und er trug sein Herz auf der Zunge. "Herrin, Sie sind wunderschön. Der Graf wird begeistert sein." "Danke, Anton, für das Kompliment. Ich brauche Euch heute nicht mehr, macht Euch einen schönen Feierabend."
Katharina betrat das Herrenzimmer und fand Franz am Kamin vor, mit einem Cognacglas in der Hand. Er trug einen Frack mit Schleife statt Krawatte. "Guten Abend, Graf von Lingen." Franz wurde aus seinen Gedanken gerissen. "Katharina! Wie schön Sie sind!" Seine feurigen Augen konnten sich gar nicht satt sehen. Katharina errötete unter den Blicken, die sie tief im Herzen trafen. "Sie schmeicheln mir, Graf, aber Sie sind ebenso vornehm wie schön in Ihrem Frack." "Können wir gehen?" "Selbstverständlich, Graf, ich hole nur noch meinen Mantel."

Draußen vor der Villa wartete schon die Kutsche, die der Graf bereits bestellt hatte. Der Graf reichte auf dem Weg dahin galant seinen Arm und führte seine Baronin sicher zur Kutsche. Als sie Platz genommen hatten, fragte der Graf: "Wann waren Sie zum letzten Mal auf einem Ball?" "Das ist schon ewig lange her, als Gustav noch lebte." "Baronin, es ist höchste Zeit, endlich wieder auszugehen und unter die Menschen zu kommen. Ich verspreche Ihnen, dass Sie den heutigen Abend nicht bereuen werden." Katharina lächelte vielsagend und antwortete: "Davon bin ich überzeugt."

Die Pferde trabten mit ihren Hufen über das Kopfsteinpflaster, laut hörte man die Atmung aus den Riesennüstern. Nach einer dreiviertel Stunde hielt die Kutsche vor dem

großen Ballsaal. Die hohen Fenster waren hell beleuchtet und das Orchester spielte Wiener Walzer.
"Oh, wie schön!" sagte Katharina überwältigt vor Freude. "Baronin, Sie werden den ganzen Abend tanzen und nur mit mir." Franz lächelte verschmitzt, als er Katharina aus dem Mantel half. Dort war eine Garderobenfrau, die die Mäntel entgegennahm und aufbewahrte.

Der Graf führte seine Katharina in den großen Saal, wo schon getanzt wurde. "Darf ich die Baronin bitten?" "Oh ja, Herr Graf." Mit einem Satz umfasste der Graf die schmale Taille und sie drehten sich im Walzertakt wechselnd rechts und links herum. Während des Tanzes sahen sie sich tief in die Augen, so dass Katharina ganz aufgeregt war. Die feurigen Blicke des Grafen trafen sie ganz tief, worauf ihr Herz wie wild klopfte. Sie war wie hypnotisiert und konnte seinen Blicken nicht entfliehen. Es war ein Gefühl der Glückseligkeit und beide wünschten zur dieser Stunde, der Walzer möge nie enden. Doch dann war der Walzer zu Ende und die Tanzpaare verneigten sich und die Herren führten ihre Partnerinnen zurück zum Platz. "Ich habe richtig Durst bekommen vom Tanzen, wie wäre es mit einem Drink?" "Einen Drink könnte ich auch vertragen." "Also gut, gehen wir zur Bar."
Katharina hängte sich bei dem Grafen im gebeugten Arm ein. An der Bar bestellte der Graf zwei Gläser Sekt, die sogleich serviert wurden.
Franz erhob sein Glas, reichte das zweite Katharina und sprach einen Toast aus. " Auf den schönen Abend und die schönste Frau im Saal. Und darauf, dass ich sie an meiner Seite habe." "Graf, Sie schmeicheln mir aber sehr, daran könnte ich mich gewöhnen."

Franz berührte ihre Wange und sagte mit ernster Stimme:

"Katharina, ich habe mich in Sie verliebt und ich habe nur einen Wunsch: dass Sie mein werden. Ich frage Sie hiermit, wollen Sie meine Frau werden?" Katharina war ganz verwirrt, die Gedanken fuhren in ihrem Kopf Achterbahn. "Bitte, Graf, seien Sie mir nicht böse, aber ich brauche eine kurze Bedenkzeit. Bis zum Ende der Woche bekommen Sie meine Antwort." Franz runzelte die Stirn, dann lächelte er spitzbübisch und antwortete: "Wenn ich hoffen darf, dann fällt mir das Warten nicht schwer." "Das kann ich jetzt schon versprechen, Sie können hoffen und werden keine Enttäuschung erleben."

Im großen Saal wurde wieder Walzer gespielt und die Paare tanzten wieder. Der letzte Schluck war getrunken und die Gläser auf den Tresen gestellt, als Franz seine Angebetete wieder zurück in den Ballsaal führte. Ohne Worte umfasste er ihre Taille und tanzte mit ihr den geliebten Walzer. Katharina schloss die Augen voller Genuss und spürte, wie Franz sie näher zu sich zog. Sie ließ es zu und atmete den Duft seines Rasierwassers ein. Katharina fühlte ein Verlangen, welches ihr schon solange nicht mehr widerfahren war. Sie sehnte sich nach diesem Grafen und der Erfüllung seiner Liebe.

"Woran denken Sie, meine Liebe?" Katharina war wieder in der Wirklichkeit. "Verzeihen Sie, mein Graf, aber ich habe soeben wunderbar geträumt." "Ich hoffe doch sehr, dass Sie von mir geträumt haben." Katharina wurde verlegen, bekam rote Wangen und nickte kurz mit gesenktem Blick. Der Walzer war erst einmal zu Ende und das Orchester spielte langsame Musik, die zum eng angeschmiegten Tanzen einlud. Für den Grafen war dieses eine willkommene Gelegenheit um endlich Katharina noch näher zu kommen. Franz umfasste Katharina und zog sie nahe heran bei diesem Tanz, wo er nach einer Weile seine Wange an die ihre legte. Katharina ließ es geschehen und atmete den betörenden Duft ein, den Franz an sich trug.

Nachdem der Tanz zu Ende war, machte das Orchester eine Pause von einer halben Stunde. "Kommen Sie, Katharina, eine kleine Erfrischung könnte jetzt nicht schaden." Franz führte seine Angebetete in einer stillen Ecke, wo sie ungestört waren. Als sie Platz genommen hatten, fragte der Kellner nach den Wünschen. "Bitte bringen Sie uns eine Flasche Rheinhessenwein." "Sehr wohl, Gnädiger Herr." Der Kellner entfernte sich von dem Tisch, um sich um die Wünsche seiner Gäste zu kümmern. Katharina schaute sich etwas verlegen um, ob Bekannte auch anwesend waren und sich vielleicht nachher die Mäuler zerreißen könnten.

Der Kellner kehrte schnell zurück, öffnete die Weinflasche und schenkte einen Schluck in das Glas des Grafen. Der hob das Glas und probierte, ließ das Aroma auf sich wirken und nickte dem Kellner zu. Dieser füllte die Gläser dreiviertel voll, verneigte sich und entfernte sich vom Tisch. "Katharina, wie Sie wissen, möchte ich Sie um Ihre Hand bitten und heute sind die sieben Tage verstrichen, wo Sie mir zusicherten eine Antwort zu geben." Katharina schaute Franz tief in seine schönen Augen und sagte mit einem Lächeln: "Meine Antwort lautet 'Ja', Graf von Lingen. Ich möchte gerne Ihre Frau werden." Franz ergriff ihre Hand, küsste sie und sagte: "Oh Katharina, Sie machen mich zum glücklichsten Menschen." Wie ein Zauberer holte Franz eine kleine Schachtel aus der Jackentasche und steckte Katharina den Verlobungsring an den Finger. Katharina war ganz sprachlos, schaute auf den funkelnden Ring und sagte ganz bewegt: "Der ist ja wunderschön, ich weiß gar nicht, was ich sagen soll." Sie schaute den Grafen mit Tränen in

den Augen glücklich an. "Meine liebe Katharina, da wir jetzt offiziell verlobt sind, sollten wir endlich 'Du' zueinander sagen. Mein Name ist Franz."
"Was werden Anna und Theresia dazu sagen? Ich weiß, sie werden sich mit uns freuen."

Die Zeit war schon so weit fortgeschritten, dass Franz es vorzog, eine Kutsche zu bestellen. Draußen schneite es und die Nacht strahlte in einem hellen Glanz, so war alles voller Schnee bedeckt. Nach wenigen Minuten kam der Kellner an den Tisch und sagte dem Grafen, dass die Kutsche vorgefahren sei. Franz zahlte seine Zeche und ergriff Katharinas Hand. "Dann wollen wir diesen wunderschönen Abend für heute beenden. Es wird noch viele solcher Abende geben, wo ich Dich stolz der Öffentlichkeit preisgeben werde."

Galant half Franz seiner Katharina beim Einsteigen in die Kutsche. Als er gegenüber Platz genommen hatte, blickte er seine Katharina wie ein verliebter Primaner an. "Habe ich dir schon gesagt, wie schön du bist?" Katharina lächelte verlegen und antwortete : "Ich glaube schon, Franz." "Es ist ganz schön kalt," sagte Franz und rieb sich die Hände. Die Fahrt dauerte eine gute dreiviertel Stunde bis nach Hause. Aus den Pferdenüstern stieg richtig Dampf in die kalte Luft, in der sie mit dem Kopf wackelten.
Endlich war das Ziel erreicht und Franz half seiner Angebeteten aus der Kutsche. "Bitte warten Sie, ich fahre gleich mit Ihnen weiter." Franz brachte seine Katharina zur Tür und verabschiedete sich mit einem Handkuss.
Danach beschleunigte er seinen Schritt, um den Kutscher nicht zu lange warten zu lassen.

*

Arthur hatte alles gut im Griff und schmiss den Haushalt. Gerrit, der älteste Sohn von Vanessa, war selbstständig und entlastete Arthur schon sehr. "Nachher gehe ich wieder ins Krankenhaus um zu sehen, ob es neues gibt. Ich verstehe das nicht, es ist mir immer noch ein Rätsel." "Die Mutti kommt schon zurück irgendwann, wenn die Zeit dazu gekommen ist."
Arthur hatte durch seinen Beruf viele Verbindungen und Kontakte. Jeder fragte nach und Jürgen, der Fährmann, hatte eine ideale Idee, als Arthur sich in seinem Steuerhaus aufhielt. "Arthur, was war zuletzt für Vanessa wichtig, dem sie mit Leidenschaft verbunden war?" Arthur überlegte einige Sekunden und dann fiel ihm das Schiff ein, von dem er genau wusste, wie sehr Vanessa daran hing. "Ja und, soll ich Vanessa an die Mosel schleppen? Wer weiß, ob sie wirklich aus dem Koma erwacht?" "Das tut mir so Leid für euch, aber gib die Hoffnung nicht auf!"
Die Fähre hatte das andere Ufer erreicht zum Anlegen und Arthur stieg die metallene Treppe herunter und setzte sich in seinen Mercedes. Udo, sein ehemaliger Steuermann, wartete auf das Kommando, dass er die Autos von der Fähre fahren lassen dürfe. Arthur machte sich viele Gedanken und entschied, den neuen Pächter an der Mosel aufzusuchen. Zum Wochenende wollte er dort hinfahren und gab Gerri noch Anweisungen, auf alles zu achten. Freitag nach dem Frühstück machte er sich auf den Weg. Den Reeder kannte er sehr gut aus alten Zeiten.

Die Fahrt dauerte eineinhalb Stunden, da sein Mercedes schnell wie ein Torpedo war. Mit einem Fiat Punto hätte er wohl drei Stunden gebraucht. Etwas mürrisch fuhr er seine Strecke und fluchte und meckerte über jede weibliche Autofahrerin. Sein Autoradio schrie auch fast auf Neunzig Dezibel, weil seinem Gehör 30% fehlten.

Die Bundesstrasse war ausnahmsweise schön frei, so dass er durchsausen konnte. Der Bestimmungsort war nun endlich erreicht und er sah schon sein Schiff, auf dem er 25 Jahre gefahren war. Ziemlich nahe am Anleger fand er einen Parkplatz und parkte gewissenhaft ein.

Der Reeder schaute vom Bürofenster aus auf den Parkplatz und fragte sich, was es mit Arthurs Besuch auf sich hatte. Arthur winkte Kollo schon von weitem zu, aber zuvor stand er am Anleger, schaute mit Tränen in den Augen auf sein Schiff und meckerte: "Du bist dat Schuld, du alter Blechhaufen. Die liebt dich mehr als mich! Dich hat sie über dein Eisen gestreichelt, aber mich noch nie."

Kollo stand hinter plötzlich hinter Arthur und fragte:
"Mit wem sprichst Du die ganze Zeit?"
"Ach, Ralf, hast du etwa gehört was ich eben gesagt habe?"
"Allerdings, wieso schimpfst du mit dem Schiff?"
"Du weißt ja gar nicht, welche Tragödie das Schiff ausgelöst hat bei meiner Madame."
"Wieso und weshalb Tragödie?"
"Das will ich dir sagen, Ralf, seit der Dampfer in der Ecke liegt, ist Madame regelrecht krank geworden. Mit der Selbstzerstörung hat alles angefangen. Jetzt liegt sie im Koma so ganz plötzlich. Ich hätte nie gedacht, dass das so enden würde. Sie hat den Rhein gemieden und ist auch auf keinem anderen Schiff gefahren."

Ralf schaute ganz betroffen, kratzte sich seinen roten Haarschopf. "Hmm, das tut mir aber Leid. Aber was soll ich machen?" "Du kannst gar nichts tun, du bist einfach zu weit weg. Wärst Du auf dem Rhein und sie könnte wieder an der Haspel sitzen, dann wäre sie wieder geheilt und glücklich."

"Arthur, ich würde dir so gerne helfen, aber der Rhein ist für mich schon lange tabu. Ich wünsche dir und deiner besseren Hälfte alles Gute. Ihr könnt gerne kommen und jederzeit mit dem Schiff mitfahren."

\*

Katharina ging gleich in ihr Schlafzimmer und entledigte sich ihrer Kleider, wobei ihr Anna half.
"Stell Dir vor, Anna. Franz, der Graf, hat mir einen Heiratsantrag gemacht. Seit heute Abend sind wir verlobt, schau den Verlobungsring!" "Herrin, das ist eine Freude, herzlichen Glückwunsch von ganzem Herzen." "Danke Anna, du kannst jetzt schlafen gehen. Morgen werde ich es dem Personal mitteilen." Anna verließ den Raum und lief lächelnd den Gang entlang zu ihrer Kammer.

Katharina war so aufgewühlt von den ganzen Ereignissen, dass sie noch nicht schlafen konnte. Sie schaute aus dem Fenster, um zu sehen, wie weit der Neubau fortgeschritten war. Eine schleierhafte Gestalt wanderte im Rohbau herum und schwebte von einem Fenster zum anderen. Diese Gestalt leuchtete wie Phosphor, doch beim näheren Hinsehen konnte man erkennen, dass diese Gestalt keinen Kopf hatte. Katharina presste ihre Hand auf ihren Mund, um nicht los zu schreien. Zum Glück betraf es sie nicht, aber sie hatte Mitgefühl mit den neuen Besitzern. Sie zog den Vorhang wieder zu und versuchte die Geistererscheinung zu vergessen, dafür war der Tag viel zu schön. Mit einem Lächeln auf den Lippen schlief sie glücklich ein, bis sie unsanft aus dem Schlaf gerissen wurde.

Anna schrie vor Angst und Anton holte sein Gewehr, wobei er den Einbrecher verfolgte und hinterher rannte.

"Bleib stehen, du verdammter Hund, sonst knall ich Dich ab!!"

Katharina saß wehrlos in ihrem Bett, als dieser Riese mit einem Messer in der Hand ihr den Mund zuhielt. "Wenn Du ruhig bleibst, passiert Dir nichts, sonst bringe ich Dich um! Überleg es dir gut, wenn Du den morgigen Tag erleben willst." Anton klopfte an der Tür und rief ganz aufgeregt: "Baronin, ist alles in Ordnung? Wir haben einen Einbrecher im Haus und er ist mir entwischt. Hoffentlich ist er nicht bei Ihnen, Herrin?" Der Einbrecher zwang Katharina zu antworten, was er ihr aufdiktiert hatte: "Anton, es ist alles in Ordnung, suchen Sie weiter und spannen Sie das restliche Personal ein."
"Sehr wohl Baronin." Anton rannte gleich los, trommelte die restlichen Bediensteten zusammen und versorgte sie mit Knüppeln. Der Einbrecher bedrängte Katharina zu sagen, wo die Wertsachen aufbewahrt werden. "Wo ist das Geld und der Schmuck?" Katharina zitterte am ganzen Körper vor Angst und sagte mit bebender Stimme: "Im Herrenzimmer, hinter dem großen Gemälde im Wandsafe." "Braves Mädchen! Wehe, wenn Du gelogen hast, dann kannst Du was erleben! Damit Du keine Dummheiten machst, werde ich Dich fesseln und knebeln."

Er nahm den Bindegürtel vom Morgenmantel und warf sich mit seinem Gewicht auf sein Opfer und fesselte sie. Katharina versuchte sich zu wehren, wodurch durch das Strampeln ihre schönen Beine entblösst zu sehen waren. Der Einbrecher wurde durch diesen Anblick sehr erregt, woraufhin er die gefesselte und geknebelte Katharina mit Gewalt nahm. Er stöhnte laut und war nicht gerade zärtlich, während er sich so richtig austobte. Danach ließ er von ihr ab und verliess hastig den Raum.

Katharina versuchte ihre Fesseln zu lösen, was ihr auch nach einer Weile gelang.
Endlich konnte sie sich auch von dem Knebel befreien und sprang gleich aus dem Bett, um alle Türen in diesem Raum zu verschließen. Draussen im Gang hörte sie plötzlich Geschrei und dumpfe Schläge, dann die Stimme von Anton:" Hab ich Dich endlich, du Schwein!" Wieder schlug Anton mit dem Gewehr auf diesen Gauner ein.
Katharina schloss die Tür auf und eilte hinzu: "Hör auf, Anton, Du bringst ihn ja um! Überlass ihn der Gendarmerie, die ihn schon lange sucht." Widerwillig erhob sich Anton und sah besorgt seine Herrin an: "Baronin, Sie haben Recht. Für solch einen Lump will ich nicht ins Gefängnis gehen. Was ist mit meiner Herrin? Ihr seht so mitgenommen aus. Hat etwa dieser Hundesohn meiner Herrin Gewalt angetan?" Katharina wurde ganz rot im Gesicht und nickte stumm, weil sie sich dermaßen schämte, wenn sie auch nichts dafür konnte und wehrlos war, aber sie fühlte sich so beschmutzt. Anton wurde so zornig, dass er auf diesen Eindringling eintrat. Anna kam hinzu und schrie: "Anton, hör auf, mach Dich nicht unglücklich!" "Du hast Recht, Anna, er ist es nicht wert. Ich werde die Gendarmerie holen, aber vorher werde ich diesen Lump am Geländer fesseln, damit er kein Unheil mehr anrichten kann."

Schnell war die Polizei da mit dem Wagen, in dem sie Verbrecher beförderten. Anna öffnete die Tür und zeigte auf den Eindringling. "Ihr Gärtner hat ja gute Arbeit geleistet, er hat uns viel Arbeit abgenommen." "Der armen Baronin hat dieser Schuft Gewalt angetan!" Der Gendarm schaute erschrocken auf und fragte:" Ist das wahr, Baronin?" Katharina schämte sich und sie nickte nur mit Tränen in den Augen. Da traf die Verstärkung von der Wache ein, und gemeinsam brachten sie den Einbrecher heraus.

Der Inspektor bestand darauf, dass Katharina sofort in die Ambulanz ging, damit der Beweis für die Vergewaltigung vorlag. "Baronin, haben Sie schon gebadet?" Katharina schaute irritiert und verneinte. "Dazu bin ich noch gar nicht gekommen, aber werde es gleich tun." "Baronin, bitte erst nach der Untersuchung, das ist äußerst wichtig für den Beweis. Bitte ziehen Sie sich an, ich bringe Sie in die Ambulanz und anschließend wieder nach Hause." Katharina eilte in ihr Schlafzimmer und zog sich schnell das Kleid über, welches sie zuvor getragen hatte. Der Inspektor wartete im Gang und stellte dem Personal noch diverse Fragen, bis Katharina wieder in Erscheinung trat. Sein Gesichtsausdruck war sanft und mitfühlend. " Bitte vertrauen Sie sich mir an, ich werde Ihnen beistehen."

Katharina stieg in die Kutsche, die sofort zum Krankenhaus fuhr. Die Fahrt dauerte noch nicht lange, als sie vor dem Portal der Klinik anhielt. Die Pferde schnauften wieder aus ihren Nüstern in die Kälte, wo der Hauch wie Dampf aufstieg. Der Inspektor stieg aus und half Katharina aus der Kutsche. "Bitte kommen Sie ." Katharina folgte dem Inspektor und überließ ihm das Wort an der Anmeldung, wo eine grimmig dreinschauende Nonne saß. Sie sah zum Fürchten aus. "Was kann ich für Sie tun?" brummte sie unfreundlich. "Schwester, wir brauchen einen Gynäkologen. Die Baronin wurde von einem Einbrecher vergewaltigt und wir brauchen den Beweis für die Anklageschrift." Die Nonne giftete die Eindringlinge zur späten Stunde mit Blicken an und brummte: "Warten Sie hier, ich hole Doktor Feldacker." Sie erhob sich von ihrem Platz und verschwand über den langen Korridor in einer Tür. Katharina saß auf der Wartebank und schaute beschämt zu Boden. Der Inspektor stand erhobenes Hauptes an der Anmeldung und schaute in die Richtung, in der das Unheil von Schwester

verschwunden war. Dann schaute er zu Katharina und sagte ermutigend: "Keine Angst, Baronin, der Doktor ist nicht so wie die Schwester."
Nach fast zehn Minuten kam ein weisshaariger Arzt schon älteren Semesters den Gang entlang. Er wirkte sehr gütig und väterlich. "Guten Abend, Doktor Feldacker, ich habe hier eine Patientin, der Gewalt angetan wurde. Bitte untersuchen Sie die Baronin, weil ich ein Attest brauche." Doktor Feldacker lächelte gütig und bat Katharina in den Behandlungsraum. Ängstlich folgte sie dem Doktor und schreckte vor dem Stuhl zurück. "Keine Angst Baronin, aber es muss sein und ich versichere Ihnen, dass ich Ihnen nicht wehtun werde. Bitte machen Sie sich unten herum frei. Da ist die Kabine, wo Sie ihre Sachen hin legen können." Katharina machte sich frei und kam zaghaft wieder in den Behandlungsraum.
Vorsichtig und etwas unbeholfen setzte sie sich auf den Stuhl, der allen Frauen verhasst ist. Der Doktor hatte auf einem Hocker Platz genommen und führte vorsichtig einen metallenen Löffel ein, um einen Abstrich machen zu können. Anschließend tastete er von innen alles nach Verletzungen ab. Die Innenseite der Oberschenkel und der Schambereich waren völlig blau. "So, Baronin, Sie haben es schon geschafft. Bis auf die Hämatome haben Sie noch Glück gehabt. Sie können sich wieder anziehen." Katharina konnte nicht schnell genug von dem Stuhl herunter kommen und verschwand schnell in die Kabine, um sich wieder anzukleiden.
Als sie wieder hervor kam, saß Doktor Feldacker hinter seinem Schreibtisch. "Baronin, ich wünsche Ihnen alles Gute. Bitte warten Sie draussen und schicken mir doch den Inspektor herein." Katharina lief zu dem Inspektor, der schon gespannt wartete. "Na, war es schlimm, Baronin?"
"Nein, der Doktor war wirklich sehr nett und einfühlsam.

Sie möchten bitte zum Doktor kommen." "Dann wollen wir die Sache in die Hand nehmen."

Katharina nahm wieder auf der Bank Platz, wobei sie von der Nonne hinter dem Tresen giftig gemustert wurde. Sie fühlte plötzlich eine Wut in sich aufsteigen und musste sich Luft schaffen. "Haben Sie mit meiner Person ein Problem, Schwester?" "Reden Sie mit mir, junge Frau?" "Allerdings! Ich mag es nicht, wenn man mich mit Blicken angiftet!" Mit einem höllischen Lachen vibrierte ihr Tresen und sie brummte gehässig: "Das bilden Sie sich nur ein, junge Frau, aber jetzt lassen Sie mich meine Arbeit machen." Sie räusperte sich und wischte sich den Sabber von ihrer Tracht. Da hörte Katharina plötzlich die Stimme des Inspektors und atmete erleichtert auf, dass es endlich wieder nach Hause ging. "Tut mir Leid, Baronin, dass es solange gedauert hat, aber das musste sein. Jetzt bringe ich Sie endlich nach Hause. Alles weitere nimmt jetzt seinen Lauf, und ich werde Sie auf dem Laufenden halten."

Die Kutsche fuhr durch die Strassen mit Kopfsteinpflaster und es war lausig kalt. Katharina klapperte mit den Zähnen und sehnte sich nach ihrem Bett. Nach einer knappen halben Stunde hielt die Kutsche vor der Villa an. "So, Baronin, wir sind am Ziel. Ich bringe Sie noch zur Tür." Galant half er Katharina beim Aussteigen, schaute zum Kutscher und sagte: "Bitte warten Sie, ich fahre gleich weiter." Der Kutscher zog seinen Hut und antwortete: "Geht in Ordnung, Inspektor." Vor der Haustür verabschiedete sich der Inspektor und lief zurück zur Kutsche.

Anna öffnete die Tür und half ihrer Herrin aus dem Mantel. "Baronin, ich habe für Sie ein Bad eingelassen." Katharina schaute dankbar zu Anna und nahm sie in den Arm.

"Anna, Du bist unbezahlbar und denkst immer wohlwollend Deiner Herrin gegenüber. Ich werde das Gehalt erhöhen für die fleissigen Dienste. Nun, Anna, geh schlafen, es ist schon spät."
"Danke, Baronin, Sie kommen alleine zurecht?"
"Keine Sorge, Anna, ich komme schon klar. Gute Nacht."
Anna ging in ihre Kammer und legte sich zu Bett. Katharina stieg in die Wanne und lehnte sich entspannt zurück und schlief kurz darauf ein. Sie war so erschöpft und wurde wieder wach, als das Wasser schon längst abgekühlt war. Sie stieg frierend aus dem Wasser und zog den Bademantel an. Sie fühlte sich allein und ängstlich in diesem großen Haus. Zu viele unangenehme Ereignisse waren in der kurzen Zeit geschehen, aber sie musste endlich damit aufhören, sich selber verrückt zu machen. Mit nackten Füssen eilte sie über den langen Korridor in ihr Schlafgemach. Auf dem Bett lag das Nachtgewand schon bereit und die Bettwäsche war auch gewechselt.

Katharina fiel schnell in den Schlaf und wachte erst am Morgen danach auf. Anna klopfte an der Tür und fragte: "Baronin, darf ich herein kommen? Das Frühstück steht schon bereit." Katharina rieb sich die Augen und schaute auf die Standuhr, worauf sie erschrocken war, dass es schon so spät war. "Anna, komm ruhig herein. Warum hast Du mich nicht früher geweckt?" "Glauben Sie mir Baronin, Sie haben den Schlaf gebraucht. Ich darf Sie nun bitten sich herzurichten, weil der Graf im Herrenzimmer wartet. Er ist vor wenigen Minuten gekommen." "Waass? Ich muss sofort ins Bad. Bitte hilf mir, Anna, wir dürfen den Grafen nicht warten lassen."
"Kommen Sie, Baronin, ich habe alles schon hergerichtet. Dem Grafen sage ich Bescheid, er wartet gerne auf seine Braut."

*

Franz ging auf und ab, rauchte genüsslich seinen Zigarillo und nippte an seinem Cognac.
Der Zigarillogeruch zog durchs ganze Haus. Anton schaute durch den Türspalt und lächelte vor sich hin. Katharina war endlich soweit, ihren Bräutigam zu empfangen und lief über den langen Gang zum Herrenzimmer. Franz hörte ihre Schritte und eilte sofort zur Tür. "Katharina! Oh meine Katharina, endlich bist Du da." Er umarmte sie stürmisch und küsste sie leidenschaftlich. Als er wieder von ihr liess, sagte er bestimmt: "Meine liebe Katharina, was hälst du davon, wenn wir Weihnachten unter dem Christbaum den Bund des Lebens eingehen?" Katharina überlegte kurz und sagte: "Das wäre ja in drei Wochen.. ja, ich bin damit einverstanden." "Du machst mich zum glücklichsten Menschen, dann kann ich mich gleich um die Formalitäten kümmern. Jetzt gehen wir zu den Bediensteten und teilen es ihnen mit."
Der Graf nahm Katharina an die Hand und rief Anna ins Herrenzimmer. "Baronin, was kann ich für Sie tun?" "Anna, bitte rufe alle Diener zusammen, sie sollen sich im Herrenzimmer einfinden, wir haben etwas zu verkünden." Der Graf konnte sich das Grinsen nicht verbergen und Anna schrie vor Begeisterung auf. "Wir kommen sofort, Graf." Von weitem hörte man Annas Stimme und das Geraune des Personals. Es dauerte nicht lange, bis die vielen Schritte im Korridor zu hören waren.
Franz zwinkerte Katharina lächelnd zu, während sie voller Stolz antwortete: "Ich bin sehr stolz auf mein Personal." Draußen klopfte es an der Tür. "Herein, bitte kommt alle näher." Wie in Reih und Glied stellten sie sich vor ihrer Herrin und dem Grafen auf. Katharina ergriff das Wort. "Meine lieben treuen Freunde, der Graf und ich haben Euch

etwas mitzuteilen. Keine Angst, es ist nichts Schlimmes. Weihnachten werden der Graf und ich in den Stand der Ehe treten. Nun? Was sagt Ihr dazu?"
Anna sprach für die anderen mit und sagte mit Tränen in den Augen: "Ich, beziehungsweise wir alle freuen uns so über diese Neuigkeit und wünschen natürlich unserer Herrin und dem Grafen alles Gute, viel Glück und Segen."
"Das haben Sie sehr lieb gesagt, Anna. Natürlich wird die Baronin in meiner Villa wohnen, aber keine Sorge, es bleibt alles wie es ist, keine Änderungen. Wir werden öfter vorbei kommen und hoffen, dass Theresia einen schönen Kuchen backen wird."
"Herr Graf, Sie sind so gütig und ich kann mir nichts schöneres vorstellen, als für meine Herrschaften einen Kuchen zu backen." Jeder bekam seine Anweisungen für die Vorbereitungen und Katharina konnte sich auf ihre Bediensteten verlassen. Plötzlich wurde sie ernst und die schrecklichen Erinnerungen waren wieder gegenwärtig. Franz schaute Katharina von der Seite an und fragte: "Was hat meine Braut denn?" Katharina schaute zu Anna, die gleich verstand. Sie holte tief Luft und lächelte ihren Bräutigam verliebt an. "Nein, es ist alles in Ordnung." "Dann sind wir uns alle einig und werden die Vorbereitungen treffen."

*

Arthur war schon mit den Nerven am Ende, je mehr er auf Vanessa angesprochen wurde.
Jeannette war auch sehr betrübt und verlor zeitweilig die Geduld und Hoffnung. Als Gerri von der Arbeit kam, fand er Arthur mit dem Staubsauger vor. Ganz entsetzt fragte er: "Das ist doch meine Aufgabe." "Keine Sorge, ich nehme dir

deine Aufgaben nicht weg, aber ich mußte etwas wegsaugen, weil mir Krümel auf den Boden gefallen sind."
"Waren Sie heute schon bei der Mama?" Arthur schaute resigniert und nickte. "Leider nichts Neues, ich versteh dat nicht. Es ist wie eine Flucht aus dem Alltag."
Gerri schaute schräg zu Arthur und meinte wie selbstverständlich: "Die Mama kommt irgendwann wieder zurück."
Arthur schaute ungläubig und fragte: "Wann? Dat kann Jahre dauern und ich weiß nicht, ob ich dat noch erlebe. Ich fahre noch mal an die Mosel und spreche mit dem Rotfuchs. Du achtest auf alles und schliesst alles zu."

Arthur holte sich seinen Autoschlüssel und verliess das Haus. Er holte sein Auto aus der Garage und stieg noch einmal aus, um das Garagentor zu schließen. Eine kurze Drehung und wie ein Torpedo fuhr er los, natürlich das Radio auf voller Lautstärke, dass man die Bässe draußen dröhnen hörte. Nach einer knappen Stunde hatte er sein Ziel erreicht und parkte vor dem Büro der Reederei. Der Rotfuchs hatte Arthur schon gesehen und es war ihm klar, dass er ein besonderes Anliegen hatte. Er kannte Arthur schon sehr lange, schon als dieser noch ein Kind war. Er öffnete seine Türe und begrüsste Arthur: "Was kann ich für Dich tun?" "Ich habe eine Idee, du weißt noch vom letzten Gespräch?" "Ich erinnere mich, aber was kann ich tun?" "Wie sind Eure Tagesfahrten? Ich möchte eine Tagesfahrt bei Euch machen und meine Madame ins Steuerhaus setzen. Es ist so ein Gedanke, dass sie wieder zurück kommt. Ich setze alle Hoffnungen auf das Schiff, welches sie über alles liebt."
Der Rotfuchs runzelte die Stirn, aber war von dieser Idee begeistert, alleine durch die Gewissheit einen guten Kapitän zu haben für einen Tag. "Ich bin einverstanden, lass es uns versuchen, vielleicht funktioniert es." "Ich danke Dir

und werde gleich morgen mit der Klinik sprechen. Dafür werde ich Euch gerne helfen, wenn Ihr einen Schiffsführer braucht." Arthur erhob sich von seinem Stuhl und verabschiedete sich vom Rotfuchs. Beschwingt und voller Zuversicht setzte er sich in sein Auto und fuhr los.

Mir der gleichen schnellen Geschwindigkeit fuhr er wieder zurück und gleich zur Klinik. Er wollte nicht bis zum anderen Morgen warten und gleich die Sache in die Hand nehmen. Er parkte auf dem Besucherparkplatz und fuhr mit dem Fahrstuhl hoch auf die Intensivstation. Der behandelnde Arzt machte gerade Visite und somit hatte Arthur die Gelegenheit, mit dem Arzt sprechen zu können. "Herr Doktor, kann ich Sie kurz sprechen?" Doktor Lenz schaute etwas erschrocken, willigte aber ein. "Bitte kommen Sie in mein Sprechzimmer."
Arthur folgte ihm und Dr. Lenz bat ihn, Platz zu nehmen. "Ich weiss, welche Frage Sie mir stellen wollen, aber ich muss immer noch verneinen." "Dr. Lenz, ich habe einen Vorschlag, wenn Sie es erlauben und verantworten können. Ich möchte Vanessa auf unser Schiff bringen, weil sie das Schiff über alles liebt und dadurch vielleicht wieder zurück kommt." Dr. Lenz lehnte sich in seinem Chefsessel zurück und schaute nicht abgeneigt. "Es wäre einen Versuch wert. Gut, ich bin einverstanden. Wenn Sie soweit sind, dann sagen Sie auf Station Bescheid und dann wollen wir hoffen, dass Ihr Experiment funktioniert."

\*

Weihnachten stand vor der Tür und die Häuser waren schon festlich mit Lichtern geschmückt. Der Schnee lag fünfzig Zentimeter hoch und es hörte nicht auf zu schneien. Anna und der Rest der Angestellten hatten für die

Hochzeit alle Hände voll zu tun, aber sie waren mit Freude dabei mit dem Silberputzen und allem weiteren.
Katharina hatte sich ein traumhaftes schönes weisses Spitzenkleid zur Hochzeit ausgesucht, das im Laufe des Tages noch geliefert werden sollte. Franz hatte sich beim Schneider einen neuen Frack nähen lassen und musste noch einmal zur letzten Anprobe. Der Schneidermeister zupfte an dem Frack herum und plötzlich schrie der Graf auf, weil eine versteckte Stecknadel ihn gestochen hatte, dass es blutete. "Das tut mir sehr Leid, Herr Graf, es ist unverzeihlich." Franz setzte sich noch den Zylinder auf, schaute in den großen Spiegel und war sehr zufrieden. "Das haben Sie sehr gut gemacht, nun kann der Hochzeitstermin kommen."

Er verließ zufrieden die Schneiderei und wollte schnell nach Hause, zu sehen ob alles hergerichtet war, damit seine Braut sich in ihrem neuen Zuhause auch wohl fühle. Sein Anwesen war von Katharinas Villa nicht weit entfernt. Die Kutsche hatte Probleme, durch den hohen Schnee zu fahren und die Pferde kamen ins Schlingern. Als das Hauspersonal die Hufschläge der Pferde hörte, standen sie alle Spalier, um ihren Herren zu empfangen. Der Graf stieg aus und lächelte zufrieden über seine Bediensteten. Wie im Chor begrüßten sie ihren Grafen, aber den Grafen interessierte ihre Arbeit. Er war überwältigt, was seine Leute geleistet hatten Maria kam ins Zimmer und fragte: "Ist der Herr Graf zufrieden?" "Maria, Ihr habt Grosses geleistet, Eure neue Herrin wird sehr angetan sein. Noch etwas, ich bestehe darauf, dass Ihr meiner zukünftigen Braut genauso freundlich und zuvorkommend zu Diensten seid." "Herr Graf, das ist doch selbstverständlich. Sie können sich auf uns verlassen. Die Baronin wird sich hier wohl und geborgen fühlen." Franz lächelte und antwortete: "Nichts anderes wollte ich von Euch hören."

Heiligabend war gekommen und Anna half ihrer Herrin beim Ankleiden.
Katharina stand da wie eine Schaufensterpuppe und liess Anna freie Hand. Anna schneuzte sich zwischendurch und biss sich auf die Lippen, so sehr war sie bewegt von der bevorstehenden Hochzeit. Der Termin sollte um neunzehn Uhr sein und die Zeit rannte fast davon. Da es keinen Vater gab, übernahm Anton diesen Part, um die Braut dem Bräutigam zuzuführen. Die Anzüge und Fracks des Barons passten wie angegossen. Anna kümmerte sich nun um das Haar, welches sie hochsteckte und mit Perlen zierte. Dann folgte der Schleier und es war alles perfekt. Als Katharina in den Spiegel sah, liefen die Tränen der Rührung über ihre Wangen. "Anna, was hast Du nur aus mir gezaubert? Du hast Grosses geleistet und nun kleidet Euch an, die Kutsche wartet schon." Anton kam aus seiner Kammer, er war kaum wiederzuerkennen. "Anton, Du hast gleich eine grosse Aufgabe, aber Du wirst es schon gut machen."
Katharina legte sich den Pelzmantel um und von Anton begleitet gingen sie zur Kutsche.

Franz befand sich schon in der Kirche und war ziemlich nervös. Pünktlich setzte die Orgel ein mit dem Hochzeitsmarsch, als sich die Türe öffnete. Anton fühlte sich wie ein Vater von Katharina und führte sie langsamen Schrittes zum Grafen, dessen Augen wie Feuer brannten. Er konnte seine Augen nicht von Katharina lassen, bis der Pastor auf sich aufmerksam machte: "Können wir beginnen?"
"Selbstverständlich, Herr Pastor, bitte beginnen Sie."
In der Kirche war eine Stille, dass man hätte eine Stecknadel fallen hören. Zwischendurch hörte man husten und räuspern, aber auch schneuzen. Die etwas dicklichen Damen weinten vor Ergriffenheit und wischten sich unentwegt die Tränen vom Gesicht.

Der Pastor hielt eine zu Tränen rührende Ansprache und alles wirkte so feierlich. Katharina sah verliebt ihren Grafen an, bis dieser ihren Blick lächelnd erwiderte. Dann stellte der Pastor die wichtige Frage: "Willst Du, Katharina, den Grafen zu deinem dir angetrauten Manne nehmen, so antworte mit Ja". Katharina sagte ganz laut "Ja", dann stellte der Pastor dem Grafen die gleiche Frage, die er ebenfalls mit einem lauten "Ja" beantwortete. Anton trat hervor mit den Ringen, die sich auf einem samtenen roten Kissen befanden. Der Tausch der Ringe war der abschließende Trauungsakt. Nachdem die Ringe getauscht waren, sagte der Pastor mit einem Lächeln: "Sie dürfen die Braut jetzt küssen." Franz hob den Schleier übers Gesicht und küsste seine Katharina leidenschaftlich. Die Orgel setzte ein und spielte den Hochzeitsmarsch nach der Trauung. Katharina hängte sich bei dem Grafen ein und sie verließen majestätisch das Kirchenschiff. Draussen wurden sie mit Reis und Blüten beworfen, als sie auf dem Weg zur Kutsche waren. Im Hause des Grafen war alles hergerichtet, auch der große Ballsaal. Katharinas Bedienstete waren auch alle eingeladen. Die Kutsche brachte das Brautpaar zurück zum Haus des Grafen.

\*

Arthur hatte mit dem Klinikpersonal einen Termin vereinbart, um Vanessa auf das Schiff zu bringen. Als Arthur auf Station kam, wollte der behandelnde Arzt ihn noch sprechen.
"Bitte kommen Sie doch kurz in mein Ärztezimmer, weil ich Sie unbedingt sprechen muss. Nehmen Sie doch Platz, bitte, ich möchte gleich zum Thema kommen. Ihre Lebens-

gefährtin kann nicht länger hier bleiben, da bisher noch kein medizinischer Erfolg zu verzeichnen war . Ich muss Sie dringend um einen Pflegeplatz bitten, wir können nichts mehr tun." Arthur war ganz niedergeschlagen, als man ihm die nackte Wahrheit so brutal entgegen schleuderte.
"Wo gibt es denn solche Einrichtungen, die nicht so weit entfernt sind?" "Ganz in Ihrer Nähe und es wäre ja nur ein begrenzter Aufenthalt. Bitte sprechen Sie mit Herrn Wistelfink und berufen sich auf meinen Namen." Arthur war ganz durcheinander und verstand auch nicht so gut durch seinen 30%igen Hörverlust, so dass Dr. Zettelmayer noch einmal in sehr lautem Ton alles wiederholen musste.
Es klopfte an der Tür und Schwester Elsa steckte ihren Kopf durch den Türspalt. "Was gibt es, Schwester Elsa?" "Ich wollte nur Bescheid sagen, dass die Patientin fertig ist." "Danke Schwester. Gehen Sie mit Ihrer Partnerin auf das Schiff, vielleicht geschieht ein Wunder, was ja nicht ausgeschlossen ist. Ich wünsche Ihnen viel Glück." "Danke" sagte Artur etwas mürrisch und ihm schien alles über den Kopf zu wachsen.

Schwester Elsa schob Vanessa im Rollstuhl zum Auto und half Vanessa sicher zu platzieren. Der Rollstuhl wurde zusammen geklappt in den Kofferraum gepackt. Arthur stieg ein und brauste gleich davon mit lauter Musik. Zwischenzeitlich schaute er öfter durch den Rückspiegel, ob er eine Regung feststellen konnte, aber Vanessa reagierte nicht.

In einer dreiviertel Stunde war das Ziel erreicht und der Reeder stand schon bereit. Er schaute durch das Autofenster und sagte: "Schade, so eine schöne Frau." Arthur holte den Rollstuhl aus dem Kofferraum und zu zweit setzten sie Vanessa hinein.

Nun schob Arthur den Rollstuhl den Steg hinunter zum Schiff und die Besatzung half ins Schiffsinnere, da es ein Sargschiff war und vier Stufen zu gehen waren. Arthur gab gleich Kommando: "Bringt sie hoch in die Spitze, denn da hat sie sich immer gerne aufgehalten und setzt sie bitte nahe ans Fenster." Die Besatzung hatte schwer zu tun, Arthurs Wünschen zu entsprechen. Matrose Steffen fuhr Vanessa in die Spitze, vor das linke Fenster, und legte ihren Arm auf die Reling.

Arthur indessen marschierte gleich ins Steuerhaus, wo der Schiffsführer schon alles für die Fahrt vorbereitete. Arthur schaute mit leuchtenden Augen auf die Armaturen und überflog die Dinge im Steuerhaus, wo sich nichts verändert hatte, außer dass die zweite Haspel jetzt auch hydraulisch war. "Na, alter Kapitän, wollt Ihr übernehmen?"

Ohne Zögern ergriff Arthur das Steuerrad, und ein Glücksgefühl überkam ihn. Arthur bot dem Schiffsführer gleich das 'Du' an. "Wie ist dein Name?" "Ich bin Horst und schon drei Jahre dabei, weil es niemanden gibt, der diesen Kahn hier schippern will." Plötzlich kam der Matrose Steffen ganz aufgeregt nach oben und sagte: "Die Frau ist ganz unruhig und umklammert die Reling wie einen Rettungsanker, aber sie ist nicht ansprechbar." "Ich habe es mir gedacht, bitte pass weiter auf sie auf, Steffen." "Aye, Aye, Kapitän." Steffen eilte gleich wieder nach unten, während Arthur sein Steuerrad nicht mehr los liess. Horst grinste und schüttelte seinen Kopf. "Weisst du was, irgendwie seid ihr euch ähnlich, was den Dampfer hier betrifft." "Wenn man über 25 Jahre auf dem Schiff war, bleibt das nicht aus. Wäre er nicht an die Mosel gegangen, dann wäre ich heute noch drauf und meine Madame würde auf dem Schleudersitz sitzen und fahren, denn sie ist als Steuermann eingetragen." "Arthur, gib die Hoffnung nicht auf. Vielleicht bewirkt die heutige Fahrt schon etwas."

Die anderen Fahrgäste waren so mit sich beschäftigt, dass sie nichts bemerkten von der Komapatientin. Die Sonnenbrille verdeckte den starren Blick. Horst sagte Arthur, dass er runter zum Essen wolle. "Geh ruhig und mach dir keine Sorgen. Den Dampfer kenne ich in- und auswändig." "Dann ist ja gut, ich bin in einer halben Stunde wieder oben." "Lass dir ruhig Zeit, ich komme schon zurecht." Vanessa umklammerte immer noch die Reling und lehnte sich an das Eisen unter dem Fenster. Es war geradezu, als ob Vanessa mit dem Schiff verschmelzen wollte.

\*

Die letzten Gäste waren gegangen und die Dienerschaft brachte alles wieder in Ordnung. Katharina zog sich zurück und befreite sich von dem aufwändigen Brautkleid. Sie machte sich frisch und zog ein wunderschönes Nachthemd an, welches einem Brautkleid nahe kam. Franz wartete schon ganz aufgeregt auf seine Braut, die einen seidenen Morgenmantel trug. Als Katharina den Raum betrat, leuchteten seine feurigen schwarzen Augen, die soviel ausdrückten. Langsamen Schrittes näherte sich Franz seiner Braut und schloss sie in seine Arme. Zärtlich küsste er sie und steigerte sich ohne Hemmungen immer mehr in eine Leidenschaft, um die Hochzeitsnacht zu besiegeln. Katharina gab sich diesen Liebkosungen hin und schmolz dahin, sich ihrem schönen Gemahl hingebend. Franz liebte seine Katharina die ganze Nacht, bis beide vor Erschöpfung in den Schlaf fielen.

Katharina wurde von Albträumen geplagt und erlebte noch einmal die Schmach durch den Einbrecher. Franz schüttelte Katharina an den Schultern und redete beruhigend auf sie ein. "Liebes, du hast geträumt. Es ist alles in Ordnung, du

bist hier bei mir, mein Schatz." Katharina konnte sich nur schwer wieder beruhigen, doch sie musste das schreckliche Erlebnis verschweigen. Schweissgebadet legte sie sich wieder hin und sagte mit bebender Stimme: "Darling, du hast Recht, es war nur ein Traum."
Franz schaute besorgt auf seine angetraute Braut und fragte: "Ist alles in Ordnung, Liebes?" Katharina lächelte mild und antwortete: "Alles in Ordnung." Franz löschte das Licht und versuchte wieder einzuschlafen, aber er konnte ihren entsetzlichen Schrei nicht vergessen, der immer noch in seinem Ohr war.
Am anderen Morgen weckte der Graf seine Gattin mit einem Kuss auf die Stirn. "Guten Morgen, meine Liebe. Wie hast Du geschlafen?" "Ich habe ganz wunderbar geschlafen, wie auf Wolken." Katharina räkelte sich voller Wohlbehagen, während Franz sie verliebt dabei ansah. "Komm frühstücken, der Kaffee steht schon auf dem Tisch und die Brötchen stehen schon frisch gebacken da." "Das lasse ich mir nicht zweimal sagen" .. mit einem Satz war Katharina aus dem Bett. Nach kurzer Morgentoilette nahmen sie im Esszimmer Platz, wo der Kaffee und die warmen Brötchen herrlich dufteten. Die Bediensteten traten ein und versorgten die Herrschaften mit Kaffee einschenken und anreichen der Backwaren. Als Beide versorgt waren, verliessen sie den Raum und zogen diskret die Türe hinter sich zu.

\*

Das Schiff legte wieder an, und Arthur lief die Treppen herunter zum Mitteldeck, wo sich Vanessa befand. Dann sah er die Umklammerung mit der Reling und war sehr besorgt. Er berührte Vanessa an der Schulter und sagte: "Wir sind wieder zurück und müssen aussteigen." Vanessa reagierte nicht, aber ihre Hände umklammerten

die Reling ganz fest. Matrose Manfred kam aufs Deck und fragte: "Kann ich helfen?" "Ach, Manfred, das wird ein Desaster werden. Wir werden sie nicht vom Schiff kriegen." Arthur zog an Vanessas Arm, aber umso fester klammerte sie sich an die Reling. "Was soll ich nur tun?"
"Hmm, da hilft nur eines, einen Schlag auf den Punkt." Arthur schaute erschrocken und sagte: "Das kann ich nicht, ich habe noch nie eine Frau geschlagen." "Es ist ja eine ausweglose Situation, wo uns keine andere Alternative bleibt." Arthur druckste herum und sagte schließlich: "Wenn es nicht anders geht, dann mach du es." Manfred stellte sich vor Vanessa und verpasste ihr einen Kinnhaken. Vanessa sackte in sich zusammen und ihre Hände lösten sich von der Reling. Er fuhr nun den Rollstuhl durch den Salon herunter zum Ausstieg. Arthur lief betroffen hinterher.

Als sie nun wieder festen Boden unter den Füßen hatten, setzte Arthur Vanessa ins Auto und schnallte sie an. Sie war immer noch bewusstlos durch die Rechte vom Matrosen, was ihm Recht war. Wer weiß, vielleicht hätte sie sich gesträubt ins Auto zu steigen. Arthur stieg ein, kurbelte dann das Seitenfenster herunter, weil Manfred sich noch verabschieden wollte. "Macht's gut, Ihr Beiden. Vielleicht sieht es beim nächsten Mal besser aus." Arthur räusperte sich und sagte: "Deine Worte in Gottes Gehörgang.."
Manfred entfernte sich wieder und ging wieder an Bord. Arthur gab Gas und brauste mit hoher Geschwindigkeit davon, um Vanessa pünktlich wieder abzuliefern. Er sagte zu sich selbst: "Dieser Schuss ging nach hinten los."
Pünktlich traf er in der Klinik ein und die Krankenpflegerin nahm sich gleich Vanessas an.
Doktor Vrobel bat Arthur gleich in seinem Büro, um mit ihm über Vanessas Zukunft zu sprechen.

"Bitte nehmen Sie Platz. Wie ist das Experiment verlaufen?" Arthur druckste herum und antwortete schließlich: "Es war ein Schuss, der leider nach hinten los gegangen ist. Vanessa wollte nicht von Bord und hatte sich so an die Reling geklammert, dass wir gezwungen waren ihr eins auf den Punkt zu geben. Wenn Sie mich fragen, ich bin mit meinem Latein am Ende."
Dr. Vrobel hörte interessiert zu, kam aber zu der Notwendigkeit, für Vanessa einen Platz im Pflegeheim zu suchen. "Ich weiß," seufzte Arthur. "Wir können Ihnen gerne behilflich sein bei der Suche und es wird sich etwas finden lassen in der Nähe." "Bitte, Herr Doktor, ich möchte jetzt endlich nach Hause, denn dieser Tag ist sehr anstrengend gewesen." "Das kann ich sehr gut verstehen, es ist ja auch alles besprochen." Dr. Vrobel reichte zum Abschied die Hand und Arthur verliess hastig das Büro.

Frustriert setzte er sich in seinen Mercedes und fuhr nach Hause, wo Gerri schon voller Spannung wartete. "Wie war es mit der Mama? Ist sie wieder aufgewacht?" Arthur schüttelte resigniert seinen Kopf, als er das Garagentor öffnete. "Wie geht es jetzt weiter? Es muss doch eine Lösung geben." "Gerri, Deine Mutter kann nicht mehr in der Klinik bleiben, man wird sie in ein Pflegeheim stecken, weil die Ärzte nichts mehr tun können." Voller Sorge dachte Gerri, wie es künftig weitergehen sollte ohne Hoffnungsschimmer. Wortlos ging er hoch in sein Dachstudio.

*

Katharinas Albträume nahmen zu und es gab keine Nacht, in der sie nicht schreiend und Schweissgebadet erwachte. Franz, ihr Gemahl, war in grosser Sorge und befahl Katharina einen Psychologen aufzusuchen.

"Liebes, so kann es nicht weitergehen, dass du jede Nacht solche Albträume hast."
Katharina war beschämt, weil sie wusste, woher diese Albträume herrührten. "Ich werde einen Arzt aufsuchen," antwortete sie wie ein braves Mädchen. "Ich kenne da Doktor Freud, der sehr spezialisiert ist auf Psychoanalyse. Noch heute werde ich dich bei ihm anmelden." Katharina war ziemlich nervös und hatte Angst vor der Wahrheit, wo sie sich bei diesem Doktor öffnen muss, aber er steht unter Schweigepflicht.

Der Graf brachte seine Katharina persönlich zu Dr. Freud, dessen Praxis sich in einem dunkelbraunen Backsteinhaus befand. Eine ältere Dame öffnete und fragte nach dem Namen. "Gnädige Frau, wir sind bestellt bei Dr. Freud." Die ältere Dame lächelte erleichtert und antwortete: "Der Doktor erwartet Sie schon, Herr Graf." Der Flur war dunkel und die Möbel wirkten erdrückend, was in Katharinas Gesicht zu lesen war.
Die Türe zum Sprechzimmer öffnete sich und ein weisshaariger alter Mann mit Spitzbart kam heraus. "Herr Graf, was kann ich für Sie tun? Wir haben uns lange nicht mehr gesehen. Ich hoffe, der Herr Graf ist in guter Verfassung."
"Dr. Freud, ich bringe Ihnen meine Frau zur Behandlung, weil sie unter entsetzlichen Albträumen leidet. Ich weiss, dass Sie bei Ihnen gut aufgehoben ist. Ich muss leider weiter und mich verabschieden." Katharina schaute ganz ängstlich, als ob sie sagen wollte: "Lass mich jetzt nicht alleine." "Liebes, keine Angst, ich hole Dich in einer Stunde wieder ab." Franz setzte seinen Zylinder auf und verließ die Praxis. "Junge Gräfin, bitte kommen Sie in mein Sprechzimmer und nehmen Sie Platz." Katharina nahm Platz und schaute sich um - die gleichen erdrückenden Möbel wie in der Diele.

Dr. Freud schaute durch sein Monokel Katharina mit bohrendem Blick an.
Es schien, als könnte er in ihre Seele gucken, als er begann einfache Fragen zu stellen. "Wie lange sind Sie mit dem Grafen verheiratet?" "Es sind jetzt vier Monate und wir sind so glücklich. Ich verstehe meine Albträume nicht."
"Junge Frau, es gibt immer Gründe für tief sitzende Psychosen. Nun erzählen Sie mir alles ganz genau."
"Bitte, Dr. Freud, das Gespräch fällt doch unter die Schweigepflicht?" "Haben Sie keine Sorge, niemand erfährt von unserer Unterhaltung."

Katharina senkte beschämt ihren Blick und spielte nervös mit ihrem Taschentuch, welches sie die ganze Zeit in den Händen hielt.
"Würden Sie mir bitte ihre Träume schildern, die Sie jede Nacht aufschrecken lassen?" Katharina nahm allen Mut zusammen und begann von der Verfolgung und Vergewaltigung zu erzählen. Dr. Freud runzelte die Stirn und fragte ganz gezielt: "Gnädige Frau, ist Ihnen irgendwann solch ein Leid widerfahren?"
"Ja, vor einem halben Jahr, da brach ein Verbrecher in unser Haus ein. Die Dienerschaft verfolgte ihn, aber er versteckte sich in meinem Schlafgemach. Er verlangte Geld und Schmuck und zuvor fesselte er mich an dem Bettpfosten an Armen und Beinen. Ich hatte Angst zu ersticken, weil er mich auch geknebelt hatte. Als die Bediensteten an der Türe klopften, war ich diesem Riesen hilflos ausgeliefert. Ich versuchte mich zu wehren und trat um mich, was diesen Verbrecher plötzlich erregte, woraufhin er mich mit Gewalt nahm. Es war so schrecklich, ich bitte Sie nichts meinem Mann zu erzählen, ich flehe Sie an!"
"Gnädige Frau, Sie haben mein Wort, Ihr Mann wird nichts von dem erfahren, was in diesem Raum gesprochen wurde.

Wir müssen uns eine Therapie überlegen, die Ihnen hilft, diese Albträume zu verarbeiten. Was halten Sie von Hypnose?" "Wenn es hilft und die Behandlung verkürzt, warum nicht?" "Gnädige Frau, dafür muss ich mich vorbereiten und rechnen Sie mit zwei Stunden."

\*

Die Kutsche hielt vor der Praxis und der Graf stieg aus. Dr. Freud sah gerade aus dem Fenster und sagte: "Da ist Ihr Herr Gemahl" und schaute gleich auf seine Taschenuhr. "Oh, wie schnell doch eine Stunde vorbei ist. Wir sehen uns in einer Woche wieder zur gleichen Zeit, nur bringen Sie viel Zeit mit." Franz wartete an der Anmeldung und lächelte seiner Frau entgegen. "Mein Schatz, wie war es bei Dr. Freud?" "Du hattest Recht, ich vertraue ihm und er wird mir helfen."
Dr. Freud kam auch zur Anmeldung und sprach kurz mit dem Grafen. Zufrieden verließen der Graf und seine Gattin die Praxis, um in die Kutsche zu steigen. Die wenigen Meter bis dahin sackte Katharina plötzlich zusammen. Der Graf war ganz entsetzt und schrie fast: "Katharina! Was hast Du? Sag doch ein Wort." Der Kutscher eilte zur Hilfe und trug Katharina in die Kutsche hinein. Aus seiner Jackentasche holte er ein kleines Glasröhrchen mit Riechsalz, das er ihr unter die Nase hielt. Katharina öffnete die Augen und fragte ganz verwundert: "Was ist geschehen?" "Liebes, Du warst ohnmächtig und hast mir einen ganz schönen Schrecken eingejagt. Gleich morgen gehst Du zu Dr. Höhner, er soll Dich gründlich untersuchen." "Es tut mir so Leid, das ich Dir soviel Sorgen bereite, Liebster." "Mach Dir keine Sorgen, wir bekommen das schon hin. Du bist mein

Ein und Alles, es darf dir kein Leid zustossen."
Im Hause angekommen stürzte Katharina erneut und war kreidebleich. Franz rannte zu seiner Frau und legte sie auf Bett. "Bis morgen können wir nicht warten, ich veranlasse, dass Dr. Höhner ins Haus kommt." Franz trommelte seine Dienerschaft zusammen und schickte Emma los, um den Doktor zu holen.

Nach kurzer Zeit traf Dr. Höhner ein und untersuchte Katharina, die auf dem Bett lag. Sie war wieder bei Bewusstsein und sagte gleich: "Mir fehlt nichts, mir war nur etwas schwindelig." "Trotzdem werde ich Sie untersuchen, um ganz sicher zu gehen, dass Ihnen nichts fehlt." Der Arzt hörte die Lunge ab, mass den Blutdruck und tastete den Bauch ab. "Seit wann haben Sie den plötzlichen Schwindel?" "Hmm, erst seit wenigen Tagen" antwortete Katharina. "Herr Doktor, was ist mit mir?" Der Doktor lächelte, als er seinen Arztkoffer wieder einräumte. "Nun sprechen Sie schon, was mir fehlt."
"Gnädige Frau, Ihnen fehlt gar nichts, Sie sind in freudiger Erwartung." "Waass? Aber wie weit bin ich denn?"
Dr. Höhner sagte nur: "Circa zwanzigste Woche."
Franz betrat den Raum und fand Katharina ganz aufgelöst vor. "Liebes, was ist denn los?" Die Tränen liefen ihr übers Gesicht voller Sorge. "Ich bin schwanger." "Liebes, das ist doch eine gute Nachricht. Wir bekommen ein Kind." Dr. Höhner verabschiedete sich mit den besten Wünschen. Katharina wusste, dass das Kind nicht von ihrem Gemahl sein konnte, denn dafür war sie schon zu weit voraus. Der Graf durfte nichts davon erfahren und irgendwie dachte Katharina darüber nach, die Schwangerschaft zu beenden.

"Woran denkst Du, Liebes?" Katharina wurde aus ihren Gedanken gerissen.

"Ich muss erst einmal diese Neuigkeit verkraften und mich an den Gedanken gewöhnen, Mutter zu werden. Es kam etwas plötzlich, diese Nachricht." "Liebes, ich kann dich vollkommen verstehen, aber sieh das Ganze doch mit Freuden. Wir bekommen ein Kind, einen Sohn oder eine Tochter." Katharina dachte: "Wenn es doch so wäre" aber sie musste gute Miene zum bösen Spiel machen.

*

Der nächste Termin bei Dr. Freud stand an, und Katharina war schon ganz aufgeregt.
Franz hatte auswärts wichtige Termine und konnte seine Frau nicht persönlich dorthin bringen. Katharina war ganz froh, ohne ihren angetrauten Gemahl den Arzt aufzusuchen. Zu Fuss würde sie circa eine halbe Stunde brauchen, bei normalen Schritten. Dr. Freud hatte schon alles vorbereitet und erwartete seine Patientin. Katharina traf pünktlich bei ihm ein und Dr. Freud öffnete selbst die Tür, als er sie sah. "Da sind Sie ja, gnädige Frau Gräfin, bitte treten Sie ein." Katharina war immer noch nervös und hatte Angst vor dem, was die Hypnose an den Tag bringen mochte.
Dr. Freud verwies auf den Sessel, wo Katharina Platz nehmen sollte. Sie setzte sich in den Sessel und wartete auf die Dinge, die da kommen würden. Dr. Freud holte sich einen weißen Hocker und nahm Katharina gegenüber Platz. Er holte seine Taschenuhr aus der Tasche, die sich an einer langen Kette befand. "Gnädige Frau, bitte schauen Sie nur auf diese Uhr und hören auf meine Stimme." Dr. Freud pendelte seine Uhr vor Katharinas Gesicht und sprach beruhigend auf sie ein, bis sie unter Hypnose war. Er ging gezielt zu diesem Zeitraum zurück, als sie sich im Koma befand. "Wie ist Ihr Name, gnädige Frau?"

Katharina drehte ihren Kopf hin und her, nannte einen fremden Namen. "Mein Name ist Vanessa." "Wie alt sind Sie?" "Ich bin 59 Jahre alt und unglücklich über mein Leben. Mein Partner ist ein Querulant und sehr herrisch. Er hat mir meine Katze genommen."
Dr. Freud wusste nicht, was er davon halten sollte. Seine Patientin spricht von der Zukunft und ist eine andere Person .. Lag da etwa eine Reinkarnation vor?
Es mußte heraus finden, was das zu bedeuten hatte. Nachdem Katharina soviel aus ihrem anderen Leben erzählt hatte und Dr. Freud genug gehört hatte, holte er sie wieder aus der Hypnose zurück. Katharina öffnete die Augen und schien etwas verwirrt. "Gnädige Frau, geht es Ihnen gut?" "Ich denke schon." Katharina schaute in die Runde und wirkte nachdenklich. "Dr. Freud, worüber habe ich gesprochen?" Ihr Blick war sehr fragend. "Sagt Ihnen der Name Vanessa etwas?" "Vanessa? Ich glaube nicht, jedenfalls im Augenblick nicht." Kurz danach wurde sie ganz blass und sackte in ihrem Sessel zusammen. "Gnädige Frau, was ist mit Ihnen? Was löst der Name 'Vanessa' bei Ihnen aus?" Katharina kam wieder zu sich und war äußerst verstört. Abrupt erhob sie sich und verliess hastig die Praxis. "Aber gnädige Frau, wir müssen noch einen neuen Termin vereinbaren."

Katharina rannte ohne Ziel durch die Strassen und achtete nicht auf den Verkehr. Die Gedanken drehten sich im Kreis und was sie erfahren hatte, das war einfach zuviel. Ihre Befürchtungen hatten sich nun eingestellt, wovor sie die ganze Zeit Angst hatte. Sie bemerkte die Kutsche nicht, die sich mit schnellem Tempo näherte. Erst als die Pferde laut wieherten, bemerkte sie die Kutsche und erschrak.
Ohne nachzudenken warf sie sich vor das Gefährt und wurde überrollt.

Der Kutscher stand unter Schock und konnte seine Fahrt nicht fortsetzen. Katharina verstarb noch am Unfallort. Eine Menschentraube hatte sich versammelt und war geschockt. "Um Himmels Willen, das ist doch die Gräfin. Das wird dem Grafen das Herz brechen."
Man hatte ein Tuch über Katharina gelegt wegen des grausigen Anblickes. Der Graf war darüber informiert worden und eilte zu der Unfallstelle. Die Gendarmerie nahm den Fall auf und sie mussten den Grafen festhalten, als er sich Katharina nähern wollte. "Das ist meine Frau, ich will sie sehen!" Ein Polizist holte Franz zum Unfallopfer und hob kurz das Tuch hoch. "Ist das Ihre Gemahlin, gnädiger Herr?" Franz wurde aschfahl und verfiel in einen Weinkrampf. "Wie konnte das nur passieren? Ich verstehe das nicht." Zeugen sagten aus, dass Katharina gezielt vor die Kutsche gelaufen ist. Franz war ein gebrochener Mann, dennoch wollte er die Wahrheit erfahren. Nur Dr. Freud konnte ihm Licht in diese Angelegenheit bringen, darum wollte er ihn umgehend aufsuchen.

Am nächsten Tag suchte er den Doktor auf und bat um ein Gespräch. "Herr Graf, bitte treten Sie doch näher. Was kann ich für Sie tun?" Er bemerkte gleich, dass etwas Schreckliches passiert sein musste. Der Graf rang nach Luft und erzählte stockend vom Freitod seiner Frau.
Dr. Freud war zutiefst erschüttert und bat den Grafen in sein Sprechzimmer. "Bitte nehmen Sie Platz und fassen Sie sich, denn was ich Ihnen zu sagen habe, wird Sie schocken. Ihre Gemahlin war eine gespaltene Persönlichkeit, was sich bei der Hypnose herausstellte. Weiter litt sie unter Qualen Ihnen gegenüber, was die Schwangerschaft betraf. Was Sie nicht wissen, ist, dass Ihre Gemahlin vor ihrer Hochzeit von einem Einbrecher vergewaltigt wurde und das Kind von der Berechnung her eine Folge dieses Gewaltverbre-

chens war. Es tut mir so Leid für Sie, aber es ist die harte Wirklichkeit. Ihre Gemahlin verliess wortlos und übereilt die Praxis. Sicherlich hat sie im Affekt gehandelt."
Der Graf saß in sich gekehrt auf dem Stuhl, aber dann erhob er sich und sagte: "Dr. Freud, Sie haben mir geholfen und Licht in diese Angelegenheit gebracht. Ich danke Ihnen für Ihre Offenheit. Leben Sie wohl." Der Graf verliess die Praxis und lief nach Hause, ohne die Kutsche zu nehmen.

\*

Vanessa wachte aus dem Koma auf und richtete sich auf. "Wo bin ich? Ich will sofort nach Hause."
Die Pflegerin Ingrid kam gleich herein und sagte erfreut: "Ist das eine Freude! Ich hole sofort den Doktor." Hastig rannte sie zu Dr. Klumm und klopfte an seiner Tür. "Bitte kommen Sie schnell auf die erste Etage, unsere Komapatientin ist endlich aufgewacht und sie will nach Hause."
"Wasss? Ich komme sofort." Dr. Klumm lief eilend zur ersten Station und betrat den Raum von Vanessa. "Das ist aber schön, dass Sie wieder bei uns sind, Vanessa. Man sagte mir, dass Sie uns gleich verlassen wollen. Das geht nicht so schnell und Sie müssen wenigstens noch ein bis zwei Tage bei uns bleiben. Es gibt so vieles zu regeln und Ihren Lebenspartner müssen wir auch informieren."
Vanessa reagierte ziemlich ungehalten und sagte darauf: "Er ist daran Schuld." Dr. Klumm schaute erschrocken über diese Reaktion und er verstand plötzlich, warum Vanessa durch das Koma aus diesen Verhältnissen hatte fliehen wollen. "Wo wollen Sie denn hin? Denken Sie auch an Ihre Kinder, die ganz schlimm darunter gelitten haben. Wissen Sie, dass Ihre Tochter für Sie auf ihrer Geige gespielt hat,

mit der Hoffnung, Sie wieder zurück zu holen?" Vanessa liefen die Tränen über ihr Gesicht, als sie sich das Ganze vorstellte, denn ihre Tochter war ihr Ein und Alles. "Ich muss sofort nach Hause, Sie können mich nicht festhalten" sagte Vanessa bestimmt. "Wir können Sie nicht festhalten und wenn Sie unbedingt nach Hause wollen, werden wir die Entlassung veranlassen. Ihren Lebenspartner sollten wir auf jeden Fall informieren. Bitte warten Sie noch solange, bis ich die Entlassungspapiere fertig habe."
Dr. Klumm ging in sein Ärztezimmer und rief gleich von dort aus Arthur an, dass er sofort kommen solle. Arthur konnte es nicht fassen, dass Vanessa endlich wieder aus dem Koma erwacht war. Er konnte nicht schnell genug in die Einrichtung kommen.

Als er dort ankam, erschrak er über Vanessas ablehnende Haltung und schob es ganz auf das Koma. Er gab sich alle Mühe und versuchte seinen Charme spielen zu lassen, aber Vanessa zeigte sich davon nicht beeindruckt. Schweigend sass sie auf dem Beifahrersitz im Auto und starrte stur geradeaus. Arthur wurde langsam ungehalten und fragte ziemlich unwirsch: "Kannst Du mir sagen, wat ich dir jetan habe?" Vanessas Augen waren voller Hass und Ablehnung als sie antwortete: "Du hast immer nur Druck ausgeübt und mich erpresst." "Wat hab ich? Wann dann?" "Denk mal an die Katze, die Du mir verwehrt hast auf brutale Weise, das kann ich nicht vergessen." "Na gut, wenn das so ist, kann ich es nicht ändern und muss damit leben."

Zu Hause angekommen atmete Vanessa tief durch und sagte zu sich selbst: "Endlich wieder zu Hause!" Sie stellte ihre Tasche ab und sah auf dem Fernsehtisch eine DVD, die gleich Erinnerungen hervorrief. Das Herz klopfte gleich schneller und der Drang, mehr heraus zu finden, war sehr stark. Im Computer gab sie den Namen ein und wurde gleich fündig bei Facebook, was sie doch stark verwunderte. Sie markierte jedes Bild mit 'gefällt mir' und verliess die Seite wieder. Kurze Zeit später erschien das erste Foto von ihrem Schwarm auf ihrer Seite. Sie konnte es nicht fassen und musste an das denken, was sie über diesen Mann alles geschrieben hatte. Irgendwie war es ihr peinlich, aber so wusste dieser Mensch gleich Bescheid. Es dauerte nicht lange und dieser Schauspieler war auf Vanessa aufmerksam geworden. Er antwortete auf ihre Kommentare, was ihr Herz höher schlagen liess. Vanessa war gefangen von ihm, eine Verbindung besonderer Art. Trotz alledem verlor sie nicht den Blick für die Realität und wollte geniessen, was sie bekam.

Am anderen Tag war bei der Post ein Schreiben mit einer Gutschrift für ein Beratungsgespräch. Genau im richtigen Augenblick konnte Vanessa mit einer Expertin über diese Angelegenheit sprechen. Sie wählte am frühen Abend die Rufnummer und liess sich mit der entsprechenden Expertin verbinden. "Was kann ich für Dich tun? Ich darf doch Vanessa sagen, ja?" "Es ist nicht ganz einfach, weil es sich um einen prominenten Menschen handelt." "Dann wollen wir mal nachschauen." Im Hintergrund hörte man das Mischen der Karten und auslegen auf dem Tisch. Nach kurzer Pause begann sie mit der Deutung und sprach von einer besonderen Verbindung, sogar Zauber; aber alles weitere blockte sie plötzlich ab und sprach sehr gegenteilig, was sehr enttäuschend war. Vanessa hielt an ihren Gefühlen fest und wusste ganz fest in ihrem Herzen, dass es anders war und sein musste. Sie würde den Kampf nicht aufgeben, wenn auch das Alter ein Störfaktor sein würde, aber diesen Gedanken warf sie gleich wieder über Bord. Wenige Wochen später kam wieder ein Gutschein, den Vanessa gleich

wieder nutzte. Mit Herzklopfen und Angst wählte sie die Rufnummer, liess sich mit einer anderen Expertin verbinden, die älter und erfahrener war.
"Wie kann ich Ihnen helfen?" fragte sie freundlich und ermutigend. Vanessa sprach gleich von dem Thema, das ihr am Herzen lag. Die Expertin mischte die Karten und legte sie aus, was man durch das Telefon hören konnte. Sie begann gleich zu erzählen und ihre Aussagen waren das Gegenteil der Aussagen der vorherigen Expertin. Nach dem Gespräch ging es Vanessa seelisch sehr gut und so zeigte sich sehr bald die Einschätzung der Expertin bestätigt.

*

Vanessa erhielt eine private Nachricht, in dem der Schauspieler sie einlud in das Hotel, in dem er inkognito gastierte. Er erwartete sie am frühen Nachmittag. Vanessa war ganz aufgeregt und wusste nicht, was sie anziehen sollte. Dennoch wollte sie für ihn schön sein. Viele Gedanken, Gefühle und Ängste zogen durch ihren Kopf, sogar Zweifel und Ängste vor einer Enttäuschung.

Sehr schnell nahte der Termin und Vanessa machte sich auf den Weg in das nahe gelegene Hotel. Im Foyer fragte man gleich: "Können wir Ihnen helfen?" "Oh ja, ich bin bestellt bei Herrn Sombrero. Würden Sie mich bitte anmelden?"
Es wurde gleich in der Suite angerufen und der Hotelangestellte nickte und sagte : "Jawohl, ich schicke die Dame nach oben." Vanessa war so nervös, dass ihr die Knie weich wurden. "Der Herr erwartet Sie in der Suite 375."
Vanessa ging zum Fahrstuhl und fuhr hoch auf die dritte Etage. Als sich die Fahrstuhltür öffnete, empfing Sombrero Vanessa und begrüsste sie mit Handkuss wie ein Galan. Durch Handzeichen wies er sie in seine Suite und sagte auf

dem Weg dorthin: "Hier sind wir ungestört und können uns in Ruhe kennen lernen." Vanessa hatte sich ein wenig gefangen und sagte: "Sie sprechen aber gut deutsch." Sombrero antwortete: "Ich habe in vielen Ländern gelebt und beherrsche viele Sprachen."
In der Suite angekommen, stand schon eine Flasche Champagner auf dem kleinen Beistelltisch mit zwei Gläsern. "Treten Sie doch näher, meine Liebe." Sombrero hatte ein vielsagendes Lächeln, dass Vanessa fast schwach geworden wäre, aber sie konnte ihre Unsicherheit sehr gut verbergen. "Bitte, nehmen Sie doch Platz." Sombrero verwies auf die Sitzgruppe. Nach dem Vanessa sich hingesetzt hatte, lümmelte sich Sombrero neben ihr. Er holte die Champagnerflasche und ließ die Korken knallen, dass der Champagner wie Schaum in die Gläser lief. Sombrero stiess mit seinem Glas an und sagte dabei: "Auf unsere erste Begegnung." Er nahm einen großen Schluck wie Limonade, während Vanessa vorsichtig nur am Glas nippte. Sombrero hatte viele Fragen an Vanessa und sein Interesse war darin sehr gross. Vanessa hatte durch die Unterhaltung die Verlegenheit in den Griff bekommen, und konnte locker mit der Situation umgehen. Sombrero schenkte die Gläser wieder voll und stiess mit seinem Glas an. Plötzlich sagte er: "Sollen wir nicht auf Brüderschaft anstoßen? Wir sollten 'Du' zueinander sagen." Vanessa war sofort einverstanden und trank mit verschränkten Armen mit ihrem Star Brüderschaft. Nachdem dieser Brauch vollzogen war, küsste Sombrero Vanessa , dass sie die Engel sah. Als Sombrero keinen Widerstand bemerkte, setzte er den Kuss leidenschaftlich fort. Vanessa vergass alles um sich herum und wünschte zu dieser Stunde, dieser Augenblick dürfe nie zu Ende gehen. Sombrero trug einen Dreitagebart, der auf der Haut nicht unangenehm zu spüren war. Die Kleidung war lässig, Jeans und T-Shirt, so wie er oft bei Facebook zu sehen war.

Die Haare fielen ihm lockig auf die Schultern.
Nach einer Stunde sagte Sombrero: "Ich muss heute noch zurück nach England wegen Dreharbeiten. Meine Maschine geht in drei Stunden, aber ich komme wieder, Darling." Vanessa verstand die Situation und freute sich jetzt schon auf das Wiedersehen. Sombrero fasste Vanessa bei den Händen und zog sie an sich, hielt sie fest umarmt. "Bitte bleib noch bei mir, bis ich zum Flieger muss. Ich möchte die Zeit mit dir verbringen." Sombrero zog Vanessa zu der Sitzecke und hielt sie an beiden Händen fest. "Darling, wir werden uns längere Zeit nicht sehen können, was ich sehr bedauere, aber es lässt sich leider nicht vermeiden. Kannst du solange auf mich warten?" Vanessa schaute ihn verliebt an und antwortete: "Ich warte gerne auf dich und ich freue mich jetzt schon auf unser Wiedersehen, wenn es auch dauern wird, aber die Gewissheit reicht vollkommen aus."
Die Zeit verging wie im Flug, unaufhaltsam und Vanessa mußte auch nach Hause. "Ich muss gehen." Vanessa erhob sich von der Sitzecke, Sombrero erhob sich ebenfalls und brachte Vanessa zur Tür. Noch einmal umarmte er sie und küsste sie leidenschaftlich. Vanessa verliess das Hotel und mußte sich etwas einfallen lassen, wo sie solange gewesen war.

Zu Hause angekommen stand Arthur schon am Fenster und hielt grimmig Ausschau nach Vanessa. Als er sie kommen sah, machte er schon die Tür von innen auf. "Kannst du mir sagen, wo du die ganze Zeit warst, fast drei Stunden?" "Ich habe Gisela getroffen und wir sind im Cafe eingekehrt. Wir hatten uns viel zu erzählen nach so langer Zeit, wo wir keine Verbindung hatten." Vanessa konnte nichts die Laune verderben nach solch einem Nachmittag. Wie sollte es künftig weiter gehen und wie sollte die Zukunft aussehen? Soweit war sie noch nicht, aber der Zeitpunkt tritt irgendwann ein, wo eine Entscheidung gefällt werden muss. Arthur machte sich so seine Gedanken und ahnte, dass etwas im Gange war. Er reagierte trotzig und ließ den Kontakt zu seiner Ewa wieder aufleben. Die Telefonate häuften sich, und Vanessa hielt sich mit Vorwürfen zurück. Vielleicht liess sich ein Weg finden, dass man tolerant mit der Situation umgehen konnte.

Drei Monate waren inzwischen vergangen, aber der innige Kontakt bestand regelmässig übers Internet. Endlich konnte Sombrero für ein paar Tage kommen und Vanessa freute sich schon auf das Wiedersehen. Es war wieder das gleiche Hotel und die Suite von damals. Vanessa musste sich wieder etwas einfallen lassen auszugehen. Bis dahin dachte sie nur daran, wie schön das Wiedersehen aussehen wird. Arthur bemerkte die Euphorie und fragte neugierig: "Gibt et einen bestimmten Grund für diese überschwängliche Euphorie?" "Wieso? Darf ich nicht glücklich sein und soll ich mit einem ernsten Gesicht herum laufen?" Arthur schaute skeptisch und hielt seinen Kopf schräg, aber traute dem Braten nicht. "Bei mir warst du nie so aufgeregt so wie jetzt. Man könnte meinen, du hättest ein Rendezvous." Arthur schüttelte nur grinsend den Kopf.
Am Abend rief wieder seine Ewa an und Arthur strahlte wie ein Honigkuchen. Das keifende Organ war im Raum zu hören, ohne dass man den Telefonhörer am Ohr hatte. Arthur genoss die Gespräche und konnte dabei herzhaft lachen. Früher wäre Vanessa aus der Haut gefahren, alleine schon der Name löste Hassgefühle aus, auch gegen das Land, aus dem die Frau stammte.

In der darauf folgende Woche checkte Sombrero im Hotel ein mit einer Reisetasche als Gepäck. In der Suite war alles nach den Wünschen Sombreros hergerichtet.

Vanessa rief Ruth an und bat sie um ein Alibi, damit sie unbesorgt zu dem Treffen gehen konnte.

Mit weichen Knien erreichte sie das Hotel, wo sie schon erwartet wurde. Sombrero lächelte charmant und zog Vanessa in seine Suite. Als die Tür ins Schloss gefallen war, küsste er sie leidenschaftlich und hielt sie ganz fest in seinen Armen. Vanessa schmolz dahin wie Kerzenwachs und liess alles gerne über sich ergehen. "Wie lange kannst Du bleiben?" "Ich habe zwei Stunden Zeit." Sombrero lief zum Kamin und sagte: "Das ist gut, Darling. Komm zu mir auf die Wohnecke." Er streckte Vanessa seine Arme entgegen und zog sie zu sich auf das Sofa. "Lass uns die wenige Zeit sinnvoll nutzen, denn die Zeit der Trennung ist immer sehr lange." Vanessa lehnte sich an seine Schulter und genoss seine Nähe, während er seinen Arm um sie legte. "Wie lange kannst Du bleiben?" Sombrero schaute etwas gequält und sagte: "Nur zwei Tage, morgen und übermorgen, dann geht schon in der Früh mein Flug nach London." Vanessa holte tief Luft vor Erleichterung und sagte dazu: "Das ist ja super, mit heute sind es sogar drei Tage." Sombrero druckste herum und sagte: "Ich hoffe, dass ich bald mehr Zeit für Dich haben werde."

Vanessa streichelte ihm über die Wange und antwortete: "Ich bin so glücklich mit Dir und wenn es nicht anders möglich ist, dann gebe ich mich mit den Gegebenheiten zufrieden, solange ich die Gewissheit habe, dass ich Deine Liebe habe. Ich muss oft an mein Alter denken, dass dies mal ein Problem werden kann." "Mach Dir keine Sorgen, das ist für mich kein Problem. Außerdem stehe ich mehr auf ältere Frauen." Sombrero schaute auf die Uhr und musste feststellen, dass die Zeit unaufhaltsam davon eilte. "Liebes, ich komme so schnell ich kann wieder, aber nun muss ich mich auf den Weg machen. Sei nicht traurig, wir sehen uns bald wieder." Er packte die wenigen Sachen in eine Reisetasche und stellte sie auf den Boden. Mit hastigen Schritten nahm er Vanessa noch einmal in den Arm und verabschiedete sich von ihr mit einen langen Kuss. Gemeinsam verließen sie das Hotel und Sombrero stieg in ein Taxi. Noch einmal winkten sie sich zu, bis das Taxi aus dem Blickfeld war.

Verklärt ging Vanessa wieder nach Hause, wo Arthur schon ungeduldig wartete. "Warum hast Du nicht angerufen? Ich hätte Dich abgeholt von Ruth." "Das war nicht nötig, ich mußte einfach mal zu Fuss gehen bei dem schönen Wetter." Arthur war etwas gekränkt darüber, aber nahm es so zur Kenntnis.
Plötzlich machte er einen Vorschlag um Vanessa zu überraschen. "Was hältst Du davon, an die Mosel zu fahren und die 'Berlin' zu suchen?" Vanessa zögerte leicht, willigte aber ein, denn Abwechslung konnte sie jetzt unbedingt gebrauchen. "Ich möchte so gerne die 'Berlin' wieder sehen, dieses Schiff ist mein Leben." Arthur schaute entsetzt und meinte: "Das Schiff ist Dein Leben, und was bin ich?" "Arthur, Du hast vieles in mir zerstört und deshalb empfinde ich heute anders. Lass uns an die Mosel fahren, das tut uns bestimmt gut, hier mal heraus zu kommen." Arthur schluckte die Worte, aber wollte mit dem zufrieden sein, was ihm das Leben schenkte. Er wollte die Hoffnung nicht aufgeben, dass doch noch alles sich wieder einrenkte. Gleichzeitig machte er den Vorschlag, dass Vanessa den Führerschein unbedingt machen solle. Der Gedanke der Unabhängigkeit lockte ungemein, so dass Vanessa sofort einwilligte. "Gleich morgen melde ich dich an, damit du den Führerschein hast, wenn ich nicht mehr Auto fahren kann."

\*

Gerri hatte für den Sonntag Anweisungen, wo Arthur und Vanessa an die Mosel fahren wollten.
Nach dem Mittagessen ging es nach kurzem Mittagsschlaf los. Die Fahrt dorthin war herrlich und das Wetter wie im Bilderbuch sonnig. Vanessa hielt ständig Ausschau nach der 'Berlin', aber es war nichts von Schiffen zu sehen. Gemischte Gefühle kamen auf, wenn es sich um die 'Berlin' handelte.

Nach zwei Stunden Fahrzeit wurde ein Hafen sichtbar mit mehreren Schiffen und Arthur lenkte sofort dahin.
"Da ist bestimmt die 'Berlin' dabei."
Sie befanden sich auf der anderen Seite vom Fluss und kamen nicht näher heran. Arthur machte den Vorschlag zu Fuss näher an den Hafen zu kommen. Nach fast drei Kilometern hatten sie den Hafen erreicht und Vanessa hatte die 'Berlin' schon gesehen. Sie lag zwischen zwei anderen Schiffen und ziemlich verdeckt durch ein größeres Schiff. Vanessa stand wie angewurzelt da und die Erinnerungen der Vergangenheit waren wieder gegenwärtig. Der Gedanke war grausam, dass das Schiff einem anderen gehörte. Plötzlich mußte sie schluchzen und konnte sich nicht mehr beruhigen. Arthur schaute von der Seite, aber sagte nichts, weil er verstand.

Wieder kehrte man die drei Kilometer zurück zum Auto und Arthur versprach im Sommer mit der 'Berlin' zu fahren.
Vanessa sagte: "Das verkrafte ich nicht, ich kann niemals als Fahrgast auf dem Schiff verbringen, welches ich selber gefahren und gesteuert habe." Arthur sagte nichts weiter und lief schweigend zum Auto. Am Mercedes angekommen sagte er dann: "Du musst dich damit abfinden, dat ist Vergangenheit und kehrt nicht wieder."

Seine Krücken legte er auf den Rücksitz und setzte sich ans Steuer. Vanessa stieg auf der Beifahrerseite ein und die Tränen liefen ihr weiterhin über die Wangen.

*

Jeannette wartete schon vor dem Haus, ganz ungeduldig, und war weiss wie die Wand. Voller Erregung lief sie auf und ab, und hielt Ausschau nach ihrer Mutter. Dann fuhr der Mercedes vor und gab Geräusche von sich wie die aus Pferdenüstern, die durch die Klimaanlage erzeugt wurden. Vanessa schaute erschrocken und konnte gar nicht schnell genug aus dem Auto steigen. "Was ist los? Ist etwas passiert?" Jeannette kam näher und berichtete von ihrem Erlebnis in ihrer Wohnung. Sie war ganz aufgeregt und ängstlich. "Komm' erst einmal herein, dann reden wir in Ruhe." Vanessa schloss die Tür auf, während Arthur den Mercedes in die Garage manövrierte. Jeannette legte gleich los: "Stell' dir vor, das ganze Haus zitterte und die Katzen schlugen Alarm. Sie gaben ganz merkwürdige Laute von sich, ganz unheimlich. Es wurde eiskalt und unter der Eingangstür kam ein grüner Nebel zum Vorschein. Eine Geistererscheinung ohne Kopf stand plötzlich im Zimmer. Ich weiss nicht was ich machen soll, das glaubt mir doch keiner." Vanessa schaute ganz erschrocken und schüttelte sich vor Entsetzen.
Da kam auch Arthur herein und knötterte gleich los. "Wat machst du denn zu dieser Stunde hier? Sonst kommst du immer zum Mittagessen." Vanessa schaltete sich gleich ein und sagte zu Arthur: "Das verstehst du nicht." "Wieso? Gut, macht wat ihr wollt, ich gehe hoch in mein Zimmer."

Die Treppen knarrten gespenstisch, als Arthur nach oben ging. Jeannette überlegte, was sie machen sollte, denn die

Katzen konnte sie nicht alleine lassen. "Du musst einen Fachmann zu Rate ziehen, der mit solchen Phänomenen seine Arbeit versteht." Jeannette schaute zustimmend und sagte: "Ich werde gleich im Internet nachsehen." Mit einem gruseligen Gefühl machte sie sich auf dem Weg.

*

Sombrero kündigte seinen kurzen Besuch mit einer SMS an. Die Freude war gross, ebenso die Sehnsucht auf das Wiedersehen. Viele Monate waren vergangen seit dem letzten Treffen. Vanessa zählte schon die Stunden bis zum Wiedersehen. Sombrero wollte sich kurz melden, sobald er im Hotel eingetroffen war. Vanessa schwebte auf Wolke Sieben und stellte sich schon das Wiedersehen in Gedanken vor.

Der Tag der Ankunft war gekommen, und Vanessa war ganz aufgeregt und nervös.
Arthur bemerkte diese Unruhe bei Vanessa und fragte: "Wat ist bloß mit Dir los? Hast Du Hummeln im Hintern?" Vanessa musste sich mit den Bemerkungen zurückhalten, sonst hätte sie unfein kommentiert.
Plötzlich rief das Hotel an und vergewisserte sich ob Vanessa selbst am Telefon war. "Es tut mir sehr Leid diese Nachricht mitzuteilen, Herr Sombrero ist bei einem Stunt böse verunglückt. Seine Managerin hat uns benachrichtigt, wie ernst der Schauspieler verletzt ist. So wie ich Herrn Sombrero kenne, setzt er sich mit Ihnen persönlich in Verbindung." Vanessa glaubte den Boden unter den Füßen zu verlieren und war ganz kopflos. Arthur guckte mit grossen Augen und fragte was los sei: "Schlechte Nachrichten?" "Allerdings, ein Cousin ist im Krankenhaus, bedingt durch einen Unfall." Arthur winkte abwertend ab

und meinte: "Ach so! Welcher Cousin ist dat denn ?" "Mein Lieblingscousin aus Berlin." "Sag mal, was ist mit dem Führerschein? Wir sollten dich langsam anmelden." Vanessas Gesicht erstrahlte plötzlich und stimmte gleich zu: "Oh ja." "Gleich nach deinem Geburtstag melde ich dich bei der Fahrschule an."

*

Eckart war durch das Internet fündig geworden nach den richtigen Leuten für Parapsychologie. Er klopfte an die Zimmerdecke, wo Jeannette gleich Bescheid wusste. Sie schloss die Katzen ein und eilte gleich zu ihrem Nachbarn nach unten in ihre ehemalige Wohnung. Eckart öffnete und ließ Jeannette herein. "Komm, setz Dich, ich habe da was gefunden dass dir helfen könnte. Ich werde gleich eine eMail schreiben und die bitten ins Haus zu kommen."
"Ja, mach das, damit wir endlich Ruhe finden." Der kleine Kater schlängelte sich um Jeannettes Beine und schnurrte behaglich. Den ganzen Abend verbrachte sie bei ihren Nachbarn und vergass die Zeit. "Oh Mann, schon kurz vor Mitternacht, ich muss unbedingt in meine Wohnung."

Kaum war Jeannette angekommen, jaulten die Katzen wieder in sehr merkwürdigen Tönen, die durch Mark und Bein gingen. Es wurde eiskalt und die Wände zitterten. Grüner Nebel drang unter der Tür hervor.
Jeannette stand wie eine Salzsäule da und war nicht in der Lage, irgend etwas zu tun. Das Herz klopfte ihr bis zum Hals, als dann auch noch der Kopflose Geist vor ihr stand. Eine gruftige Stimme sagte plötzlich: "Hilf mir! Ich finde keine Ruhe!"
Danach löste sich der Spuk wieder auf, und die Katzen kamen unter dem Bett wieder zum Vorschein.

Arthur nahm telefonisch Kontakt zur Fahrschule auf und erkundigte sich nach den Anmeldeterminen. Eine ältere Stimme meldete sich ganz freundlich und teilte die Termine mit. Da gerade der bestimmte Tag war, drängte Arthur gleich hin zu fahren.

Die Fahrschule war ein kleines Ladenlokal, mit allem ausgestattet, was man dort so erwartet. Das Büro befand sich im Nebenzimmer, wo die Ehefrau am Schreibtisch sass und freundlich lächelte. "Bitte, treten Sie doch näher und nehmen Sie Platz. Was kann ich für Sie tun?" Arthur ergriff das Wort und wollte Vanessa anmelden für den Führerschein. Frau Jurczik füllte auf einer alten Schreibmaschine mehrere Blätter aus und hatte in der Sache einige Fragen. In dem Ladenlokal trafen so nach und nach die Fahrschüler ein zum Unterricht. Herr Jurczik trat ins Büro und gab Ratschläge über Automatik-Fahren. Nach kurzer Überlegung wurde sich für die Automatik entschieden.

Der Unterricht begann und Arthur entschied, gleich da zu bleiben. Sie sassen in der ersten Reihe, wo eine ältere Dame sass und den Fragebogen ausfüllte. Herr Jurczik stellte sich hinter sein Pult und schaute in die Runde, wer anwesend war. Er war ein kräftiger, kompakter älterer Mann von 74 Jahren. Ausgerüstet war er mit einer Kofferradio-Antenne, die er im Unterricht einsetzte. Sein Blick war grimmig, aber sein Humor bei der Unterrichtsgestaltung war einzigartig.

*

Jeannette bekam einen Anruf von einem Institut für Parapsychologie. Ein junger Mann meldete sich am anderen Ende und wollte gleich einen Termin ausmachen für die Spukvertreibung. "Mein Name ist Walter Köln, Ihr Nachbar hatte angerufen wegen Spuk im Hause. Wir möchten gerne

morgen zu Ihnen kommen und die ganzen Gerätschaften aufbauen. Wäre das für Sie so in Ordnung?"
"Auf jeden Fall! Ich bin zu Hause." "Gut, dann sehen wir uns morgen." Jeannette streichelte ihre Katzen und sagte: "So, Katerchen, jetzt kehrt endlich Ruhe ein."
Sie machte es sich gemütlich und las sehr konzentriert ein Buch über Beethoven. Die Zeit verging wie im Flug.

Kurz vor Mitternacht. Jeannette klappte ihr Buch zu und legte es auf den Tisch. Ein Blick auf die Uhr ließ sie erschrecken. "Oh nein!" Der Kater sprang aufgeregt durch die Wohnung und jaulte mit komischen Lauten. Jeannette war bedient und fluchte: "Och, nicht schon wieder. Bleib weg!" Dieses Mal war es ein anderes Jaulen, weil Filou seinem Frauchen ein Geschenk brachte - eine durchgesabberte Fellmaus. Jeannette bedankte sich bei ihrem Kater und streichelte ihm seinen Kopf. "Komm, Katerchen, es wird Zeit ins Bett zu gehen und lass Frauchen schön schlafen." Katerchen machte sich mit einem Sprung auf Frauchens Bett breit. Die Nacht verlief ohne Vorkommnisse und Jeannette konnte ungestört schlafen.

Gegen Mittag machte sie sich auf den Weg zu ihrer Mutter, um dort Essen zu gehen.
Am frühen Nachmittag trafen die Experten ein mit ihren ganzen Gerätschaften. Als alles aufgebaut war, konnte man kaum noch treten in den kleinen Räumlichkeiten. Die Katzen schauten interessiert zu, während der Kater fauchte, weil man in sein Revier eingedrungen war.
Harry schaltete die Kamera ein und zeigte Seiten von dem Haus, die man mit blossem Auge nicht sehen kann. Jeannette bekam einen kalten Schauer, als sie die geisterhaften Gestalten sah. Harry und seine Mitarbeiter setzten sich auf das Sofa und versorgten sich mit Knabbergebäck und Bier.

Jeannette fühlte sich in ihrer Wohnung wie ein Gast und zog sich in ihrem Schlafzimmer zurück. Filou sprang auf das Bett und räkelte sich auf dem Kissen, wo sich Bijou dazu gesellte. "Das glaube ich jetzt nicht, wo soll denn Frauchen schlafen? Ihr macht Euch ja ganz schön breit!"

\*

Vanessa hatte schon einige theoretische Stunden in der Fahrschule absolviert, die sie mit Freuden besuchte. Montags unterrichtete Marcel und Mittwoch der Chef selber. Arthur und Vanessa saßen immer vorne in der ersten Reihe, wo eine relativ gleichaltrige nette Dame nebenan sass und fleissig die Fragebogen ausfüllte. Der Lerneifer war groß, und Herr Jurczik musste Frau Hommbach bremsen. Marcel wirkte sehr streng, obwohl er ein herzensguter junger Mann war. Viele hatten Angst vor seinem ernsten Blick, mit dem er durch die Runde schaute. Er war lange Zeit beim Militär und hatte eine harte Ausbildung. Sein Sinnen und Trachten galt, seinen Fahrschülern viel verständlich beizubringen.
Die Tür zum Büro ging auf und der Chef schaute grimmig durch die Runde und sagte Marcel: "Ich bin oben, falls irgend etwas sein sollte." Er hob die Hand zum Gruss und verschwand durch die Tür, die wie eine englische Telefonzelle aussah.

Die Zeit verging wie im Flug und die erste theoretische Prüfung stand an. Vanessa war so aufgeregt und hatte regelrecht Prüfungsangst. Alles, was sie gelernt hatte, war plötzlich weg - wie ausgelöscht. Mit drei Fehlerpunkten zuviel war sie durch die Prüfung gefallen. Beim nächsten Unterricht schaute Herr Jurczik schon erwartungsvoll um die Ecke. "Und? Haben Sie bestanden?" Sein Blick war grimmig. Vanessa schüttelte nur beschämt ihren Kopf und überreichte den Prüfungszettel.

*

Der Abend war angebrochen und die Dunkelheit hatte eingesetzt. Eine Frau mittleren Alters war eingetroffen, die als Medium dienen sollte. Sie kämpfte mit Luftbeschwerden und griff sich laufend an den Hals. Harry schaute ganz besorgt und fragte: "Schaffen Sie das? Nicht dass Sie uns umkippen." "Nein, keine Sorge. Das erlebe ich immer, wenn ich ein Gebäude betrete."
"Sind Sie bereit?" "Ja, ich bin bereit, Harry."
Jeannette setzte sich dazu und wollte diesen Ablauf miterleben. Das Medium setzte sich in den Sessel , schloss die Augen und legte ihre Hände auf die Sessellehne. Die Kamera schaltete sich ein, zeigte sämtliche Räume und das Treppenhaus. Zelda, das Medium, kämpfte wieder mit ihrer Luft.
Plötzlich fing sie an zu sprechen.
"Ich sehe einen Mann zierlicher Gestalt, der verfolgt wird von einem Riesen." "Das Haus hier gibt es noch nicht, aber für das Fundament wurde schon die Erde ausgehoben. Der Riese hat eine Axt und schlägt auf diesen Mann ein. Schließlich köpft er ihn und verschwindet mit dem blutigen Beil. Das Opfer wurde nie gefunden und dieses Haus wurde erbaut über den Gebeinen des Opfers!"
Auf einmal war das ganze Treppenhaus voller grünem Nebel, alles vibrierte und die Mauern erzitterten. Die Katzen miauten und fauchten im Wechsel. Inzwischen hatte der grüne Nebel die Wohnung von Jeannette erreicht und drang unter der Wohnungstür herein . Zelda fragte den Geist, was er wolle.
"Bitte helft mir! Ich will endlich zur Ruhe kommen und ordentlich bestattet werden. Meine Gebeine befinden sich

im Keller unter der Heizung. Passiert ist das Verbrechen im Dezember 1870. Gegenüber war eine Gräfin am Fenster und hat das gesehen. Es war eine große Villa mit Vorgarten und vielen Bediensteten. Diese Lady litt unter Gedächtnisschwund und sprach von Dingen, die damals noch in der Zukunft lagen."
Jeannette horchte auf und irgendwie erinnerte sich an das Verschwinden ihrer Mutter. "Das glaube ich jetzt nicht! Kann man noch mehr darüber erfahren?"
Zelda schaute zu Jeannette herüber und antwortete: "Das ist unmöglich, weil es nur um diese gefangene Seele ging. Weitere Ereignisse aus dieser Zeit kann man nicht erfragen. Das tut mir Leid. Warum ist das so wichtig für Sie?" Jeannette druckste herum und versuchte zu erklären, was sich zugetragen hatte.
"Meine Mutter fiel ins Koma und befand sich plötzlich im Jahre 1870."
Zelda schaute erstaunt, nickte verständnisvoll und sagte dann: "Ich verstehe. Das ist nicht ungewöhnlich, aber äusserst interessant. Wie geht es Ihrer Mutter jetzt?" Jeannette sagte: "Meine Mutter ist wieder in der Gegenwart und kann sich kaum an ihre Reise in die Vergangenheit erinnern."
Harry baute die Kameras alle wieder ab und brachte sie in den Kleintransporter, mit dem sie gekommen waren.
Zelda ging hinunter zu den Vermietern und erzählte ihnen von den Gebeinen. Charlotte schaute ganz entsetzt und fragte: "Eine alte Leiche? Das ist ja entsetzlich."

Zelda erklärte eindeutig, dass die Gebeine geborgen und auf einem Friedhof beigesetzt werden müssten. Ali riss die Augen auf und sagte gleich: "Keine fremden Leute kommen ins Haus. Ich selber werde mit einem Presslufthammer den Boden im Keller öffnen."
"Also gut. Wer es macht, ist im Grunde egal, nur der Tote

muss raus, damit seine Seele Frieden findet."
Ali prustete und schaute Zelda schräg an. Dann erhob er sich und riss mit seinem breiten Hinterteil fast den Tisch um. Mit schweren Schritten ging er in den Keller und schaute sich die Stelle an, die er aufstemmen musste. Er wischte sich den Schweiss von der Stirn und fluchte vor sich hin in seiner Heimatsprache. "Verdammt! Ich muss einen halben Quadratmeter aufstemmen. Immer wieder neues, wo man nicht mit gerechnet hat."

*

Vanessa hatte endlich die theoretische Prüfung bestanden und verliess glücklich den Tüv.
Arthur schaute durch den Rückspiegel und sah Vanessa, die glücklich zum Auto kam. "Na? Ich sehe schon. Prima dass Du endlich bestanden hast. Darauf stoßen wir mit Sekt an!" "Ich freue mich schon auf Herrn Jurczik , der sich sehr freuen wird. Endlich geht der praktische Teil los."

Es war Mittwoch, zum letzten Mal in der Fahrschule, was bei Vanessa ein bischen Wehmut auslöste. Pünktlich um halb Sieben wurde die Fahrschule aufgeschlossen.
Herr Jurczik schaute voller Erwartung und jubelte, als er den Prüfungszettel studierte. Aus voller Kehle sang er: "Happy Birthday to you." Dann holte er seinen Kalender und fragte: "Wann sollen wir uns treffen?" Vanessa überlegte kurz und schlug gleich zwei Tage später vor, worauf man sich einigte.
Nachdem alles geklärt war, nahmen Arthur und Vanessa Platz wie immer. Als Herr Jurczik den Raum betrat, um den Unterricht zu beginnen, sagte er: "Sie müssen nicht hier bleiben."
Arthur antwortete nur: "Wir wollen noch ein letztes Mal

teilnehmen."

Am zweiten Tag holte Herr Jurczik Vanessa zur Fahrstunde von zu Hause ab, wobei Vanessa schon nervös bei Arthur vor der Garage wartete.
Plötzlich stand Herr Jurczik vor ihnen und Vanessa erschrak, als sie das Ungetüm von Auto auf der anderen Seite sah, ein Jeep. Oh weia. Vanessa nahm auf dem Beifahrersitz Platz und dann ging es zu einem ruhigen Parkplatz. Nach der Ankunft wurden die Plätze getauscht und die Angst war gross. Herr Jurczik verstand es die Angst zu nehmen und erklärte die Schaltung von diesem Ungetüm. Dann kam die Aufforderung, die Bremse langsam los zu lassen und rollen zu lassen.
Einige Runden wurden gefahren, bis Vanessa so langsam Gefühl für diesen Jeep bekam. Plötzlich ging es voll in den Verkehr, aber Vanessa hatte die anfängliche Angst überwunden. Eine ganze Stunde wurde kreuz und quer gefahren, was Vanessa viel Spass machte.

*

Ali hatte sich schon alles zurecht gelegt, um den Kellerboden aufzustemmen. Er stolperte über ein paar Kisten, die dort lagerten. Er konnte sich noch im letzten Augenblick halten. Voller Aggression steckte er den Stecker in die Dose des Stemmeisens. Er kontrollierte noch einmal und legte los mit dem Stemmen.
Jeannette und Eckart schreckten zusammen, als die Mauern zitterten und wackelten. "Ist der verrückt geworden? Das Haus stürzt gleich ein, die alten Mauern sind solchen Belastungen nicht gewachsen. Die Wände sind nicht so stabil

wie bei einem Haus aus der Gründerzeit!"
Die Katzen miauten voller Angst und flüchteten unter Jeannettes Bett.
Schon ging es wieder weiter mit den Stemmarbeiten, bis das Loch so gross war wie vorgeschrieben. Der Schweiß tropfte Ali von der Stirn, als er sein Handy aus der Hemdtasche heraus holte. Er wählte die Kripo, die schnell vor Ort war.
Sie schauten in das schwarze Loch und sahen die alten Gebeine von 1870. "Herr Kollege , bitte sammeln Sie die Überreste ein und legen sie in diesen Stoffbeutel." Während der Kripobeamte in dem Loch verschwand, leuchtete der Inspektor mit der Taschenlampe ins Loch. Die Gebeine waren schon so morsch, dass sie zu zerbröseln drohten. Der Beamte Klein kam wieder aus dem Loch heraus mit Beuteln voller alten Knochen.
Inspektor Manteuffel bestimmte sogleich , die Gebeine in die Gerichtsmedizin zu bringen. Dann wandte er sich Ali zu, der mit offenen Mund da stand. "So, das war's. Sie können das Loch wieder schliessen." Ali brummelte vor sich hin: "So ein Scheiß! Ich muss extra arbeiten, bloß wegen so ein paar alten Knochen.."

Nachdem Ruhe eingekehrt war, verließ Eckart seine Wohnung und schaute nach. Die große Flügeltür fiel ins Schloss und der Motor des Kripo-Autos sprang an. Jeannette kam auch herunter und fragte Eckart, ob er etwas gesehen habe. "Nein! Ich war zu spät, aber ich weiß, dass wir jetzt endlich Ruhe im Haus haben." "War das eine nervenaufreibende Zeit. Jedes alte Haus hat seine Geschichte."

Die Gerichtsmedizin hatte sehr schnell herausgefunden, was die Todesursache war. So wurde dieser Leichnam zur Bestattung frei gegeben.

*

Die Fahrstunden gingen mit grosser Begeisterung stetig voran.
Vanessa hatte viel Spass bei den Fahrstunden in diesem großen Jeep. Sie amüsierte sich über die Autofahrer, die jedes mal Platz machten, wenn der große Jeep angebraust kam. "Ich staune, wie gut sie den Jeep beherrschen" sagte Herr Jurczik voller Stolz. Mit der Zeit gab es auch viel Kritik, weil Vanessa zu vorsichtig fuhr und nicht zügig, wie es der Fahrlehrer gerne gehabt hätte.
Manches mal gab es auch Tränen, wenn Herr Jurczik zuviel nörgelte und meckerte. Arthur fragte jedes Mal, wann die Fahrstunde zu Ende sei, wenn die Plätze getauscht wurden. So zogen sich die Fahrstunden bis Oktober hin, bis dann die Prüfung bestanden war.
Für Vanessa und das ganze Fahrschulteam war das ein Freudenerlebnis und wurde mit einer herzlichen Umarmung gefeiert. Arthur stand schon vor der Haustür voller Erwartung und konnte es kaum erwarten zu erfahren, ob es geklappt hatte. Vanessa strahlte und stieg auf der Beifahrerseite aus, während Herr Jurczik den Daumen hoch hielt. Arthur war sehr erfreut und plante einen Erwerb von einem Smart. Vanessa schrieb viele SMS-Nachrichten an ihre Freunde und Bekannten. Das große Feedback ließ nicht lange auf sich warten.

Von der Managerin gab es immer noch keine Nachricht, was schon ziemlich besorgniserregend war.
Als Vanessa nach Post in dem Briefkasten sah, war Post von Questico darin mit einem Gutschein. Zur gegebenen

Zeit löste Vanessa diesen Gutschein ein und liess sich mit ihrer Lieblingsexpertin verbinden. Sie sprach von den Problemen, die Sombrero derzeit privat hatte.
Alles würde sich wieder geben - aber mit langer Wartezeit, weil Sombrero unter 'Burn out' leide. Das war natürlich keine gute Neuigkeit und erklärte die absolute Stille.

Arthur kümmerte sich mit Eifer um den versprochenen Smart und hatte eine seriöse Quelle dafür. Bis dahin fuhr Vanessa den Mercedes voller Stolz, um den Vater zu besuchen.

*

Jeannette hatte es sich gemütlich gemacht und spielte mit dem Kater, damit er so richtig müde wird und nicht Bijou beißt. Der Kater düste durch die Wohnung, sprang auf den Kratzbaum und wetzte seine Krallen.

Ali war damit beschäftigt, das Loch im Keller wieder zuzumachen. Der Schweiss tropfte von der Stirn und benetzte den Boden, während Ali schnaufte und fluchte. Sein Übergewicht wirkte sich sehr ungünstig aus bei körperlichen Arbeiten.
Charlotte rief zum Abendbrot, aber Ali brabbelte etwas auf türkisch daher.

Plötzlich klopfte es an Jeannettes Tür und der Geist mit Kopf bedankte sich für die Hilfe, dass er endlich Ruhe gefunden hat. Jeannette stand wie eine Salzsäule da und war nicht in der Lage zu denken oder sich zu bewegen. Der Geist löste sich wieder in Luft auf und erst jetzt war endgültig Ruhe eingekehrt.
Ein neues Flair zog in diesem Haus ein .. wenn da nur

nicht die Mängel gewesen wären.
Als Jeannette zu Bett gehen wollte, gab in ihrem Schlafzimmer der Boden nach, was sie sehr erschrecken liess.

Eckart schaute besorgt zur Decke, die sich nach unten wölbte. "Das darf doch nicht wahr sein! Kriegt man in diesem Haus überhaupt keine Ruhe? Verdammt noch mal. Ich gehe gleich zu dem Ali , damit der sich endlich um seine Verpflichtungen kümmert." Eckart mailte Jeannette über WhatsApp, dass sie ihn begleiten solle.

Gemeinsam klopften sie an Alis Tür und Hundegebell war zu hören. Schwere Schritte näherten sich der Tür und Ali öffnete. "Was ist los?" "Ali, du musst gleich mitkommen und nach den Holzdielen gucken. Die Decke wölbt sich nach unten und ich muss sagen, dass ich eine Wahnsinns-Angst habe."
Ali guckte ungläubig und grinste breit. "Gut, ich sehe mir das an. Bin gleich wieder da, Charlotte!"
Eckart und Jeannette gingen voran, Ali folgte ihnen mit schweren Schritten. Mit seinem Hinterteil hatte er Probleme, im Treppenhaus um die Ecke zu kommen. Zuerst inspizierte er Eckarts Wohnung und schaute besorgt an die Decke. Ein kurzer Blick, und Ali wuchtete sich in Jeannettes Wohnung, wo er die gleiche Stelle kontrollierte. Er rieb sich das Kinn und sagte: "Ist doch alles in Ordnung. Da ist doch nichts." Ali stellte sich auf diese nachgebenden Dielen und wippte darauf - bis es plötzlich laut krachte. Die Holzdiele brach durch und Ali landete in Eckarts Bett. Der stand fassungslos da und hatte keine Worte parat.
Das Bett war in der Mitte durchgebrochen. Als Eckart das registrierte, schrie er Ali an und verlangte sofort ein neues Bett, aber keines vom Sperrmüll. Ali jammerte und fasste an seinen Rücken. "Verdammt, tut das weh! Ich kann nicht

aufstehen!" Er versuchte hoch zu kommen, fiel aber wieder zurück und knallte erneut auf Eckarts Bett.
Jeannette lief schnell zu Charlotte, um ihr das Unglück mitzuteilen. Sie kam sofort mit und war ganz aufgelöst, als sie ihren Ali da liegen sah.
An der Zimmerdecke war ein zerfetztes Loch, durch das die Katzen herunter schauten. Charlotte sagte gleich: "Ich kann nicht auf die Antwort meiner Mutter warten, ich muss jetzt handeln. Komm, Ali, ich zieh Dich hoch!"
Charlotte zog mit aller Kraft, bis Ali endlich in die Höhe kam. "Hast Du dich verletzt, Schatz?" Ali wippte, wedelte mit den Armen und sagte: "Nö, bin weich gefallen. Aber Eckarts Bett ist kaputt." Er schaute wie ein Lausbub, der etwas ausgefressen hatte.
Charlotte sicherte Eckart umgehend ein neues Bett zu. Danach gingen sie wieder in ihre Wohnung und diskutierten über die Sanierung. Eckart saß wie sitzengelassen da und es überkam ihn die Wut, dass er auf dem Sofa schlafen musste. "Wenn ich morgen kein neues Bett habe, dann steige ich denen aufs Dach."

Die Fahrschulfahrten hatten schon eine große Zahl erreicht und Herr Jurczik hatte viel zu kritisieren, was die Fahrstunden belastete.
Vanessa sehnte sich nach der Fahrprüfung, damit das Ganze endlich ein Ende hatte.
Die erste Prüfung begleitete ein unsympathischer Prüfer vom Tüv, der sich schon sehr arrogant und schlecht gelaunt zeigte. Mit solch einem Menschen konnte man nicht bestehen, und das wurde bittere Wahrheit.
Herr Jurczik war enttäuscht, weil er in der Theorie immer verkündet hatte, dass bei ihm niemand durchfällt.
Er liess diesen Frust in den darauf folgenden Fahrstunden aus, was manches Mal fast unerträglich war.

Nach sechs Wochen folgte die zweite Prüfung mit einem wesentlich netteren Prüfer.
Er unterhielt sich angeregt mit Herrn Jurczik während der Fahrt, passte aber genau auf. Vanessa musste in einer total unbekannten Gegend fahren und machte leider den Fehler zweimal, rechts vor links zu übersehen. "Bitte halten Sie an! Zweimal die Vorfahrt übersehen, das geht gar nicht. Das tut mir sehr Leid, weil Sie sonst vorsichtig gefahren sind. Machen Sie noch ein paar Fahrstunden und dann klappt das auch."

Die Fahrt ging nun wieder zurück zum Ausgangspunkt und Herr Jurczik kochte innerlich vor Wut, was er auch nach draussen liess. Vanessa brach in Tränen aus und fühlte sich als Versagerin. Es tat ihr so leid, dass der Führerschein nun wieder teurer wurde.
Als der Prüfer ausgestiegen war, sagte Herr Jurczik: "Fahren Sie so nach Hause, wie Sie denken." Vanessa wählte den kurzen Weg und Arthur stand schon vor der Haustür. Als er die Gesichter sah, wusste er Bescheid. Herrn Jurczik konnte man die Enttäuschung ansehen. Arthur ergriff das Wort und wollte die nächste Prüfung sehr schnell haben. Herr Jurczik sagte, dass er erst einmal in Urlaub fährt, sich aber darum kümmern wolle, dass die Prüfung bald stattfände. Als er seine Fahrt aufnahm, gingen Vanessa und Arthur ins Haus. Er schimpfte nicht, aber tröstete Vanessa.

\*

Ali ließ das Ganze keine Ruhe, und er wollte bei Sandra und Eckart noch einmal die Wohnung begehen. Sein schwerfälliger Gang war im Treppenhaus schon zu hören und die Holztreppen knarrten. Ali klingelte bei Sandra und klopfte an die Tür. Sandra war gereizt und genervt.

"Was will der denn schon wieder? Hat der nicht genug Schaden angerichtet?"
Sie öffnete angewidert und Ali entschuldigte sich, dass er noch einmal stören müsse.
"Ich muss ins Bad wegen dem Boden."
Mit forschen Schritten lief er in die Küche, um ins Bad zu kommen. Jetzt ergriff Sandra das Wort: "In diese Dusche gehe ich nicht hinein, sonst lande ich unten in der WG."
Ali winkte ab und meinte: "So schlimm wird das wohl nicht sein. Alle übertreiben, wenn es um Reklamationen geht."
Ali trat auf diese Stelle, die besonders nach gab und wieder krackste es und Ali stürzte mit einem lauten Schrei in die Tiefe.
Eckart war ausser sich und brüllte durch das Loch: "Jetzt langt es aber! Unsere Wohnung hat zwei Löcher, ich glaube es hakt! Der Charlotte steige ich aufs Dach, oder der reichen Mutter aus Amerika."
Ali hatte sich die Lenden verletzt und kam nicht mehr hoch. Er war genau auf dem Esstisch gelandet, wo die Inder-WG gerade ihr Essen einnahm. Der Reis flog in alle Ecken und die Inder waren stocksauer. Sie schauten nach oben und sahen dieses entsetzliche Loch in der Decke.

\*

Jeannette hatte wieder eine Sprachnachricht von ihrer spiritistischen Freundin.
Sie hatte eine beunruhigende Mitteilung für Jeannette: "Maus, gehe in die Nachbarschaft, Hausnummer 5. Dort wird ein Zimmer frei, beziehungsweise eine kleine Wohnung, wie deine vorherige. Du bekommst sie und der Mietpreis wird auch übernommen. Du wirst dich sehr wohl fühlen. Bitte höre auf mich!

Es wird eine grosse Katastrophe kommen. Dein jetziges Zuhause wird verschwinden, es wird sich auflösen. Warne deine Freunde im Haus, dass sie dort raus gehen."
"Aber ich hänge an dem Haus. Wenn du das sagst, dann werde ich das Angebot annehmen."
"Bitte tu es auch, sonst gehst du mit ins Verderben!"

Jeannette ließ sich die Worte noch lange auf der Zunge zergehen und dachte spontan an Eckart und Sandra. Sie stampfte mit ihren Schuhen auf und eilte die Treppe herunter zu den Beiden. Die Tür ging auf und Sandra fragte: "Was ist los? Du bist ja ganz schön aufgeregt."
"Sandra, wir müssen hier alle ausziehen. Es wird Entsetzliches passieren. Als ich hier noch wohnte, rieselte inwändig Sand herunter. Meine Mutter hatte das auch mitbekommen. Das Haus wird zerbröseln und in sich zerfallen! Eine grosse Staubwolke wird übrig bleiben." Sandra schaute ungläubig, zog ihre Augenbraue hoch und dachte an die Risse in der Zimmerdecke. "Komm 'rein und erzähl, von wem du diese Erkenntnis hast."

Eckart schaute schräg herüber und unterbrach seine Arbeit. "Was gibt es denn?" "Jeannette, erzähl dem Ecki, was du mir eben erzählt hast." Nachdem alles gesagt war, wurde Eckart so zornig, dass er seine Zigarettenschachtel durch den Raum schleuderte.
"Oh warte, wenn ich die feine geizige Tante aus Amerika erwische, dann kann die sich aber warm anziehen. Kauft die Hütte und kümmert sich nicht darum!" "Beruhige dich doch, Ecki, es wird schon eine Lösung geben." Jeannette verabschiedete sich und ging schweren und traurigen Herzens in ihre Wohnung.

*

Ali hatte es geschafft aufzustehen und der Curryreis klebte überall an seinen Sachen.
Während die sechs Inder wütend um ihn herum standen, entschuldigte sich Ali für dieses Unglück. Die Teller und der Tisch waren in der Mitte durchgebrochen. "Unser Essen kaputt und Tisch. Warum kommst du durch die Decke? Wohnung ein Trümmerhaufen!" Ali wiederholte , dass es ihm leid tat. Er hatte keine sinnvollere Erklärung, sonst hätte er die Baufälligkeit des Hauses zugeben müssen. "Ich werde alles ersetzen."
Ganz Schuldbewusst verliess er die Wohnung und eilte schnell nach Hause. Charlotte sah Ali und fragte ihn, was denn passiert sei. Ali schaute sie grimmig an und schüttelte erst einmal seinen Kopf. "Ich habe endgültig die Nase voll, entweder es wird saniert oder ihr könnt mich alle vergessen. Die Verantwortung ist nicht mehr mein Ressort."
"Aber was ist denn passiert ‚Ali? Du bist ganz voller Reis und Curry!" "Bei den Mietern bin ich ein zweites Mal durchgebrochen und bei den Indern auf dem Tisch gelandet, wo sie gerade essen wollten. Am liebsten hätten sie mich gefoltert!"
Charlotte bekam einen Lachkrampf und konnte gar nicht mehr aufhören. Dann wurde sie ernst und pflichtete bei, dass sie sofort mit dem Sanieren beginnen sollten.

Jeannette fragte noch einmal ihre Freundin nach eventuellen Alternativen.
Naddel schaute noch einmal nach und kam mit einer neuen Version, dass Jeannette im Haus bleibt. Das machte sie sehr glücklich, dafür ist sie so stark mit dem Haus verbunden.

Nachdem Ali geduscht hatte und saubere Kleidung angezogen hatte, suchte er noch einmal Jeannette auf, wo er mit schweren Schritten die Stufen herauf lief.

Er klopfte an die Tür. "Jeannette, ich muss Dich sprechen."
Sie öffnete die Tür und ihr Kater schaute um die Ecke, sprang dann knurrend unters Bett. Jeannette staunte über den Besuch und hörte sich an, was Ali zu sagen hatte.
"Ich wollte nur Bescheid sagen, dass ab nächste Woche die Sanierungsarbeiten beginnen. Es wird viel Lärm und Staub geben.
Also kannst Du dich schon darauf einstellen. Das war's auch schon, schönen Abend."

Die letzte Prüfung stand an und Marcel meldete sich für die letzten Fahrstunden an.
Vanessa war es Recht, mit Marcel zu fahren und mit ihm zur Prüfung zu gehen. Sie berichtete ihm während der Fahrt, wie problematisch Herr Jurczik oft war. Marcel erklärte vieles voller Ruhe und bereitete Vanessa für die Prüfung vor. Gleich die nächste Woche sollte die Prüfung sein, ganz früh um 7:30 Uhr. Vanessa überlegte hin und her und kam zu der Erkenntnis, dass es gar nicht so ungünstig war.

Marcel holte Vanessa von zu Hause ab und sie fuhren zu dem Ausgangspunkt, wo die Prüfung starten sollte.
Es war noch früh, also noch Zeit bis zur Prüfung.
Die Witterung war schon sehr frisch am Morgen. Vanessa war nervös und hatte Angst vor der Prüfung und dem Prüfer. Sie hielt den Autoschlüssel von diesem Jeep in der Hand, mit dem sie sich die ganzen Wochen angefreundet hatte. Marcel schaute durch das Fenster des Cafés, weil er glaubte, den Prüfer dort gesehen zu haben. Ganz euphorisch kam er zum Jeep zurück und sagte: "Ich glaube, wir haben den Oebel vom letzten Mal, denn ich habe den Glatzkopf gesehen. Der ist ja nicht übel gewesen."
Marcel rekapitulierte noch einmal wichtige Regeln, damit es endlich klappte.

Herr Jurczik kam mit einem Golf angefahren und entschuldigte sich wegen seiner Abwesenheit.
Vanessa konnte ihn beruhigen, dass sie mit Marcel sehr gut zurecht gekommen war. Marcel hatte sich geirrt, denn es war nicht der Glatzkopf aus dem Café. Ein ganz anderer kam über den Parkplatz gelaufen - ein großer Blonder, der viel Ruhe ausstrahlte.

Nachdem die Gebühr bezahlt und die Papiere studiert waren, ging es los. Vanessa war trotzdem aufgeregt, gab sich aber alle Mühe und beachtete aufmerksam alle Verkehrsregeln. Die gesamte Fahrt verlief sehr kurz und dann wieder zurück zum Ausgangspunkt.
Der Prüfer saß auf dem Rücksitz und schrieb unentwegt. Marcel schaute voller Ungewissheit und zuckte mit den Schultern. Dann ergriff der Prüfer das Wort: "Zwei Dinge möchte ich Ihnen mit auf den Weg geben: bitte fahren Sie nicht zu nahe an den Autos vorbei und sehen Sie mehr in den Rückspiegel." Dann überreichte er den Führerschein und gratulierte. Vanessa konnte ihre Freude kaum fassen und Marcel strahlte von ganzem Herzen.

Draußen wartete schon Herr Jurczik und schaute fragend. Als er die glücklichen Gesichter sah, umarmte er Vanessa und Marcel tat desgleichen. Es war ein unbeschreibliches Gefühl voller Glück und Freude.
Marcel musste gleich mit dem Golf in die nächste Prüfung mit einem jungen Mädchen, deshalb fuhr Herr Jurczik selber Vanessa mit dem Jeep nach Hause.
Arthur stand schon vor der Haustür voller Erwartung, als der Jeep vorgefahren kam. Herr Jurczik zeigte mit dem Daumen nach oben und er gab Vanessa noch eingehende Ratschläge, sich von niemandem dreinreden zu lassen und ihrem eigenen Fahrstil treu bleiben.

Somit trennten sich die Wege für immer, was einen Wehmutstropfen auslöste, aber Vanessa wollte den Kontakt zur Fahrschule nicht abbrechen lassen. Vanessa konnte sich nun um ihren Sohn kümmern und in Ruhe frühstücken, da Arthur den Tisch gedeckt hatte. Er war sehr stolz und versprach sich nach einem Smart umzuschauen.

*

Zum guten Schluss hatte Vanessa einen Gutschein bekommen und konnte mit ihrer Expertin sprechen, die eine gute Nachricht hatte. Zum Abgleich kontaktierte Vanessa Naddel mit einer konkreten Frage in der Sache, die zum gleichen Ergebnis kam. Nun konnte Vanessa den Dingen entgegen sehen, die da irgendwann eintreten werden.

**Ende**

**Weitere Bücher der Autorin:**

Fluch der Vergangenheit

Die ungewöhnlichen Abenteuer des Bernd M.